布老虎中篇小说

苏黎红小姐

阿袁 著

北方联合出版传媒（集团）股份有限公司
春风文艺出版社
·沈阳·

图书在版编目（CIP）数据

苏黎红小姐 / 阿袁著. —沈阳：春风文艺出版社，2018. 11
（布老虎中篇小说）
ISBN 978-7-5313-5511-3

Ⅰ. ①苏… Ⅱ. ①阿… Ⅲ. ①中篇小说—中国—当代 Ⅳ. ①I247.5

中国版本图书馆 CIP 数据核字（2018）第 179488 号

北方联合出版传媒（集团）股份有限公司
春风文艺出版社出版发行
http://www. chunfengwenyi. com
沈阳市和平区十一纬路 25 号　邮编：110003
辽宁奥美雅印刷有限公司印刷

责任编辑：刘　维	责任校对：潘晓春
装帧设计：黄　宇	幅面尺寸：130mm×185mm
字　　数：100 千字	印　　张：6
版　　次：2018 年 11 月第 1 版	印　　次：2018 年 11 月第 1 次
定　　价：25.00 元	书　　号：ISBN 978-7-5313-5511-3

目录

苏黎红小姐

电话响的时候，我正在巴黎一栋公寓的走廊里。走廊里弥漫着某种气味，什么气味呢？阳台上的花香？阳台的黑木箱里有一种我不认识的花，粉紫色，看上去有点儿像我们中国的绣球花，也有点儿像锦葵。但那种气味却不像花朵的。或许是刚刚从我身边经过的男人身上的香水味？巴黎男人是搽香水的，和女人一样，所以整个城市都香喷喷的，像闺阁。但那种气味要说也不像香水味——结合了男人体味的香水味，是一种生命的味道，虽然有一种可疑的不洁，但蓬勃茂盛。可弥漫在走廊里的气味，却是腐朽和衰败的，像大夏天厨房里放了几天的不新鲜的瓜果蔬菜。

到底是什么呢？有警察急急忙忙地往公寓某间房间走。原来是一个老妇人死在公寓里了。说是被谋杀的。

我惊恐不安地想上前看看，就在这时，电话响了。

公寓消失了，奇怪的气味也消失了，眼前黑漆漆一片，什么也没有。我恍惚了半分钟，才反应过来：刚才的事情，不过是电影里的场景。

睡前我和孟周看了迈克尔·哈内克的《爱》。

床头的夜光闹钟，指向早晨四点半。

电话是苏黎红打来的，这个时候，除了苏黎红，没有人会打我家的电话。

我心口痛，燕子。

嗯。

你知道米宝那个狐狸精对我们做什么了吗？

米宝那个狐狸精是朱鸿鹄的老婆，我的弟媳。而“我们”，是苏黎红和老朱，苏黎红是我的妈，老朱是我的爸。

她做什么了？

她给你爸打电话，说小鲤想吃爷爷的南瓜粥了。你也知道你爸这个人，贱得很，一听孙子要吃他的南瓜粥，高兴得手舞足蹈，哼着黄梅调就去了，“树上的鸟儿成双对，绿水青山带笑颜”。他就会这两句，连后面的“从今再不受那奴役苦”都哼不出来，还好意思总哼。一路上，他就哼哼那么两句，你说烦不烦？

就因为这个，你大清早给我打电话？

岂止。米宝竟然还对你爸说，他一个人去就可以了。做点儿南瓜粥，不用兴师动众的。她这是什么意思？什么意思？不让我去他们家？

不让你去他们家？怎么会？

怎么不会？她这可不是第一次了。上次小鲤生病，她也这么说了——说希望爸爸过去帮忙照顾小鲤，不用辛苦妈妈了。还说，他们家房子小，妈妈过去也不好住。燕子，你听听，你听听，这女人歹毒不歹毒？我和你爸，形影不离大半辈子，老了老了，难道还要分居吗？

我忍不住想笑。米宝这个女人，也太会算计了。竟然想“买珠还椟”。她不知道，在我们家，这珠椟是不能分的。

朱鸿鹄呢？朱鸿鹄怎么说？

他能怎么说？他现在是米宝养的鹦鹉了。米宝怎么说，他就怎么说。也不知道这女人给他下了什么蛊，把他变得言听计从的。

米宝还会蛊术呀？我讽刺苏黎红。

苏黎红不理我，自己说自己的。这也是苏黎红的风格。

还有更气人的呢！我们去了才发现，原来不是小鲤想吃南瓜粥，而是老狐狸想吃呢。老狐狸染风寒了。你说米宝过分不过分？过分不过分？她妈想吃南瓜粥，她竟然打电话让你爸过去给她煮，这事她也做得出来？我一气之下，要拂袖而去，可老朱还不肯走呢，说既来之，则安之。亲家母想吃南瓜粥，那就煮呗，也挺好。他这个人，燕子你是知道的，就是没有自尊心，没有原则性。我坚持让朱鸿鹄送我们回来了。我要让米宝拎拎清楚，那只老狐狸算什么东西？凭什么老朱要为她煮南瓜粥？可回来后老朱还在那儿叽叽歪歪的，他什么意思？难不成他想自个儿留那儿煮粥给老狐狸精吃，然后让我在家和小区里的樟树一样喝西北风？燕子你说说，你说说，老朱是不是脑子出毛病了？

苏黎红挂电话的时候，已经早晨六点了。早晨六点是苏黎红开始做瑜伽的时间，苏黎红是很注意保持身材的，她六十多了，身材从后面看，还和少妇一样，是十分窈窕的。当然，从前面看也很窈窕，只不过不是少妇的窈窕，而是老妇的窈窕了。但苏黎红从来不承认自己是老妇，为了和小区的那些老妇划清界限，她基本不参加小区老妇们的活动。小区里的老妇们喜欢打门球，苏黎红鄙夷地说，有什么意思呢？一群老人，围着一个破球，你拨拉过来我拨拉过去，慢腾腾的，老牛拉破车一样。小区里的老妇们在有太阳的日子里喜欢坐在树荫下支张桌子打麻将，苏黎红鄙夷地说，有什么意思呢？几个老人，团团坐了，摸几十张小塑料块儿，眼神还不好，一个个的，都戴了老花镜，盲人摸象一样。小区里的老妇们在春夏晚饭后，会在小区花坛那儿跳扇子舞，老朱让苏黎红也去，这运动多好，既可以活络筋骨，又可以消食，还可以听音乐。苏黎红嗤之以鼻。那也叫音乐？老妇们跳扇子舞的音乐反反复复就那几首，一首《还珠格格》里的主题曲《你是风儿我是沙》，“你是风儿我是沙，缠缠绵绵绕天涯”；还有一首《小苹果》，“你是我的小呀小苹果儿，怎么爱你都不嫌多”。这种东西也叫音乐吗？小区里的老妇们经济条件好，跳扇子舞也置了行头的，白色的雪纺衫，白色的雪纺灯笼裤，加上一把木骨大红丝绸扇子，那景致，美得很，尤其在有风的时候，老妇们宽大的灯笼裤，被风吹得飘飘欲举，老朱看了，这时候就会吟哦毛泽东的《沁园春·雪》，“看红装素裹，分外妖娆”。老朱傍晚时分也在花坛那儿的，他和隔壁的郝伯伯坐着小马扎在那儿下棋。事实上，小区里的老头儿都在那儿活动，有的下棋，有的练气功，还有的，什么也不做，就坐在那儿聚精会神地看老妇们跳舞。他们正襟危坐的样子，有点儿像在国家大剧院看《天鹅湖》或《睡美人》。老妇们因为有了这些观众，也跳得更加陶醉。她们活泼得很，调皮得很，一把红扇子，在她们手上，被舞得风生水起，时而放到脑后，做反弹琵琶的动作，时而又半遮了脸，做出风情万种的样子。老朱这时候又说了，团扇，团扇，美人病来遮面。老朱退休前是中学语文老师，喜欢用诗词表达美好的印象或情感。苏黎红听了冷笑——老朱说这句话苏黎红其实听不见的，因为她傍晚时从来不去花坛那儿，那是老人扎堆的地方，她不喜欢和老人扎堆，她自个儿绕着湖散步。小区外有一个湖——美其名曰是湖，事实上是一个池塘，不过是个大一点儿的池塘，美一点儿的池塘。池塘周边种了垂柳，还有桃花，是红碧桃，重瓣。春天的时候，花红柳绿，水波荡漾，很诗意的。谈恋爱的年轻人，喜欢坐在这样诗意的环境里，搂搂抱抱，卿卿我我。老朱不去那儿，他看不惯这些行为的，他做了十几年中学的教导主任，对有伤风化的事情，总习惯性地要上前教育教育呢。可人家也不是他们学校的中学生，谁要他这个糟老头儿教育呢？不要的。所以他干脆不去那儿，眼不见，心不烦。他情愿和其他老夫们坐在小区看老妇们跳扇子舞。这个好，他们一个爱看，一个爱被看，两情相悦，有利于养生。但苏黎红觉得他有毛病，不爱看花开，却爱看花败——那些皱巴巴的老妇们，不就是残花败柳吗？不爱看“小桥流水人家”，却爱看“枯藤老树昏鸦”——那些皱巴巴的老妇们，不就是“枯藤老树昏鸦”吗？还“团扇，团扇，美人病来遮面”呢！也是，那些皱巴巴的脸，不遮了怎么能看呢？苏黎红对郝伯伯说。这话有些刻薄了，因为“那些皱巴巴的脸”里有郝伯伯的老婆陈阿姨的脸，但郝伯伯不以为忤，不仅不忤，还高兴得很——他打小报告的目的，不就是要苏黎红恼羞成怒吗。

郝伯伯最喜欢在苏黎红面前挑拨离间，他和老朱整天厮混在一起，一起钓鱼，一起到老年办看报纸，一起下棋或谈论国家时事国际时事，然后再把老朱的言行举止选择性地报告给苏黎红。郝伯伯家和我家住门对门，报告起来很方便。当然，郝伯伯是文化人，退休前和老朱都是中学语文老师呢，所以报告的水平也是很高的，他从不直截了当地对苏黎红说老朱的坏话，而是王顾左右而言他，由此及彼的，仿佛无意间，把老朱的一些话，或一些行为，断章取义地说了出来。而且郝伯伯也自认为是很有道德的报告者，从不造谣，对老朱的言行基本是如实转述，所以老朱事后从来没有办法加以否认，只能老老实实地接受苏黎红的惩罚。苏黎红的惩罚，年轻时对老朱，那是要命的，她会很长时间不搭理老朱，不和老朱过爱情生活——所谓爱情生活，是含蓄的表达，其实就是夫妻生活。老朱是个热情的人，年轻时是很贪恋和苏黎红过爱情生活的，一周不过的话，就受不了，所以他最怕苏黎红用这种手段惩罚他。但年纪大了之后，他就不怕这种惩罚了。苏黎红不理他，无所谓，他自己出去找乐子，反正他爱好多得很，做什么都能做得兴致盎然；朋友也多得很，老朱人缘儿好，和谁都能处得其乐融融。这让苏黎红更恼火，可恼火也拿老朱没辙了，除了冷嘲热讽几句。而老朱对苏黎红的冷嘲热讽早习惯了，讽了等于没讽一样。

好在还有郝伯伯。郝伯伯喜欢苏黎红，喜欢了半辈子。苏黎红不喜欢郝伯伯，不喜欢了半辈子。苏黎红虽然不喜欢郝伯伯，但她喜欢他喜欢自己。所以苏黎红对郝伯伯的态度，一直就有些矛盾，有点儿像对小狗——老在身边蹭，苏黎红就表情厌烦，但走远了，苏黎红又不乐意了，因为那是她的小狗，她喜欢它待在不远不近的地方对她摇头摆尾。这个老朱是清楚的——正因为清楚，所以就不在乎郝伯伯这个情敌，依然和郝伯伯做着高山流水的朋友。而郝伯伯的老婆陈阿姨也清楚的，这一对男女，就算眉来眼去一辈子，也不可能有什么事的。可就算没什么事，陈阿姨也不高兴，陈阿姨没有老朱境界高，她没法和苏黎红做朋友的，只能做死对头。

所以，既然陈阿姨在花坛那儿跳扇子舞，苏黎红就不可能跳。她们两个人，就像两只脾气不好的母鸡，放一个笼子里，会互啄的。当然，就算没有陈阿姨，苏黎红也不会去跳这种舞的。这是老年舞，还是庸俗的老年舞，她看不上。她打年轻起，就反感一切庸俗的东西。门球也罢，麻将也罢，扇子舞也罢，这些庸俗的活动，苏黎红统统不参与。她一个人做瑜伽，在我家阳台上。我家南面有一个大阳台，阳台上种了各种各样的花草植物，有芙蓉、芍药、海棠、天竺葵，还有喇叭花——原来有，老朱种的，后来被苏黎红拔了，嫌喇叭花样子粗俗，苏黎红认为，花草也是有雅俗之分的，和女人一样。苏黎红喜欢雅的植物，像桃花，《红楼梦》里林黛玉用锦囊收了并荷锄而葬的就是桃花，那画面，特别美，特别有诗意，如果换成晚饭花——晚饭花的样子和空心菜差不多，那还有什么美感？有什么诗意？像芍药，也雅，史湘云喝醉了，就是眠在一片粉红细白的芍药花瓣里——如果曹雪芹让湘云眠在喇叭花里，那成什么样子呢？那除非醉的不是史湘云，而是傻大姐，整个大观园，也只有傻大姐和喇叭花相匹配呢。

苏黎红在我家阳台上做瑜伽的时候，郝伯伯也在他家阳台上伸胳膊踢腿的，两家阳台并排，郝伯伯能看见苏黎红，苏黎红也能看见郝伯伯。当然苏黎红从来不看郝伯伯那边的，半眼也不看，她专心致志地练她的瑜伽。苏黎红练的是改良版的印度艾扬格瑜伽，这是一种养生和修行瑜伽，没有高难度的动作，一半时间都在有宗教意味的印度音乐中，闭了眼，以一种坐莲的姿势冥想。感觉自己轻飘飘的，像恒河里绽放的白莲，除了水，除了风，什么也没有，苏黎红这么对老朱说。

苏黎红说谎了，老朱知道的，因为苏黎红做瑜伽的时候，除了水，除了风，至少还有郝伯伯，她之所以能这么一丝不苟、这么旁若无人地坚持做瑜伽，不就是因为隔壁的阳台上还有郝伯伯在看吗？这个老朱知道，但知道老朱也不说，怕说了苏黎红恼羞成怒，一怒不做瑜伽了，那就不好，不是对老朱不好，而是对苏黎红的身体不好。老朱现在虽然不太关心苏黎红的情绪了，但对苏黎红的身体，还是很关心的。所以，为了让苏黎红能不受干扰地在阳台做瑜伽，每天早上六点钟，他就约了陈阿姨去买菜。小区门口有点儿远，慢慢走，要一刻钟，他们两个人走过去，挑挑拣拣买几样菜，再走回来，一个小时就过去了，有时在路上还会遇上其他老朋友，聊几句，那就要一个半小时了。等他们回到家，苏黎红的瑜伽早做完了，只有郝伯伯一个人，还在他家阳台上伸伸胳膊踢踢腿的。

苏黎红早晨的电话，让我第二天上课时精神萎靡。我这个人的精神状态，是很依赖睡眠的，一旦没睡好，精神就会萎靡的。学生倒也不以为怪，因为隔上一段日子我就会萎靡一回的。学生其实更喜欢我萎靡的状态，因为我一萎靡，上课的声音明显就低了许多，接近莺声燕语了，是“间关莺语花底滑”的效果，他们在这样的声音中，可以不受影响地做其他事情，比如睡觉，有些学生头天晚上熬了夜，第二天上午到课堂上来补觉。要是平时，在我的课上就有点儿困难，因为我声音一向洪亮，有时激动起来，那就高亢了，“完全是河东狮吼”，学生在背地里这么损我。相比河东狮吼，他们自然更喜欢莺声燕语。不过，这只是他们喜欢我萎靡的理由之一，还有理由之二，那个更重要，就是我萎靡时上课会犯一些低级的错误，比如把李白的诗说成是杜甫的，或者想不起来某个字是怎么写的。我在黑板上已经写下了“温庭”两个字，我要写“温庭筠”呢，但我突然忘记“筠”怎么写了，怎么想也想不起来。学生看着我，带着揶揄和开心的神情，怎么办？我没有办法，只能搁下粉笔，不写了。

下课后我十分恼火，这个低级错误是因为苏黎红造成的。要不是苏黎红大清早打电话说什么老狐狸小狐狸的事情，我就睡好了，睡好了的我怎么可能写不出“筠”字呢？也不是生僻字，比如“饕餮”，比如“葳蕤”，写不出来或写错了那还情有可原，但“温庭筠”的“筠”字，对一个大学老师而言，应该简单得和小学生习字帖上的“大小多少”差不多，竟然写不出来，那就是笑话了。

因为苏黎红，我不止一次成为学生的笑话了。

我其实告诉过苏黎红我周一周三有课的，但苏黎红从来记不住，也可能苏黎红不认为我的睡眠有什么重要，反正只要她有事——也不论那事多么鸡毛蒜皮，就会给我打电话，说，燕子，我心口痛。

你心口痛找医生啊，找我有什么用？我呛她。

孟周批评我，你怎么能这么对苏黎红说话呢？

孟周现在能很自然地叫苏黎红了，以前他是觉得很别扭的。刚到我家时，他叫苏阿姨，苏黎红还勉强答应他。结婚后他改叫妈了，苏黎红就假装听不见。他那个样子，多老相啊！好意思叫我妈？别人听了，还以为我七老八十呢！苏黎红蹙了眉在我面前抱怨——苏黎红最喜欢蹙眉，她的眉毛长得密实好看，一蹙，就如“两只优美的黑蛾”——“两只优美的黑蛾”是老朱的形容，老朱当年追求苏黎红时，写过一首叫《蛾眉》的诗。这首诗我和朱鸿鹄都能背得滚瓜烂熟，因为苏黎红总拿这首诗来取笑老朱。

我不高兴。孟周哪里老相了？粉腮鸦鬓，玉树临风，也就是头发略微有点儿稀疏而已。可大学里的男人，有几个头发不稀疏的?

苏黎红倒不是在嫌弃孟周。男人的长相有什么重要呢？她不是那么肤浅的女人，如果是，她当初就不会嫁老朱了。再说，苏黎红认为，以孟周的长相，即便谈不上英俊，但配我还是绰绰有余的——估计在苏黎红那儿，只要是个男人，都能配得上我吧？

我没有遗传苏黎红的花容月貌，我长得像老朱，个矮，肤黑，取名“朱小燕”，那是名副其实。南方的燕子，听起来还不错，其实不好看，又小又黑，远不如画眉、黄鹂、金丝雀那些颜色鲜艳的鸟漂亮。

在我很长的成长岁月里，我一直为自己的形象自卑。当然，在人之初的时候，我其实是“丑而不知己丑”的，就像朱鸿鹄“美而不知己美”，但苏黎红用她的表情，分别告诉了我们，她看朱鸿鹄，就如看花一样，而看我，永远是那种失败的懊恼，仿佛我是一盅她蒸坏了的鸡蛋羹——苏黎红平时不怎么做家务的，但偶尔兴致来了，或老朱出差了，她也会进厨房的，蒸个鸡蛋羹，凉拌个蒜醋黄瓜，再加上一盘切得薄如蝉翼的糖腌西红柿，就算菜了，“美得像画一样”，老朱惊叹。老朱动不动就这样惊叹的，只要是苏黎红做的家务，统统“美得像画一样”。但鸡蛋羹有时也会蒸失败，水多了一匙或少了一匙，出不来那种鹅黄色的凝脂感觉，或者火候和时间没掌握好，上面起了一层皱褶，这就不是豆蔻年华的鸡蛋羹了，而是人老珠黄的鸡蛋羹，老了的东西都不好看，不能“美得像画一样”，苏黎红懊恼万分地看着，那表情，和看我时是一模一样的。

因为苏黎红的这种表情，我打小就对自己的丑有了自知之明。

老朱倒是经常说我长得好看的，但老朱的话我信不过——我长得像他，他说我好看，等于徇私舞弊呢，而且，老朱也没什么原则，只要是苏黎红的作品，他都觉得“美得像画一样”。

所以我不喜欢出门，尤其不喜欢和苏黎红一起出门。苏黎红呢，也不喜欢带我出门。这是你女儿？别人问，有点儿不相信似的。苏黎红用鼻子“哼”一声，算回答了。可“哼”是什么意思呢？到底是“是”，还是“不是”？别人不识趣，又很狐疑地追问一句，这是你女儿？长得——可真不像你。这后面半句话，终于让苏黎红的脸色好了起来，苏黎红的脸色一好，就更漂亮了，我们俩也就更不像母女了。

苏黎红上上下下都喜欢带着朱鸿鹄。朱鸿鹄长得像她，唇红齿白，贾宝玉一样。苏黎红牵了朱鸿鹄的手，去老朱的办公室。老朱办公室的男老师，特别是郝伯伯，比老朱还激动，“蓬荜生辉，蓬荜生辉”，这些中学语文老师，文绉绉地说。苏黎红不推辞，笑纳了。反正这也不算什么恭维话，因为老朱的办公室，确实是“蓬荜”——几张斑驳的木桌木椅，四面斑驳的石灰墙。而穿着花连衣裙的苏黎红，和穿着雪白衬衣的朱鸿鹄，看着华丽极了，两个人就像两盏明艳的灯笼，一下子把老朱简陋的办公室照得熠熠生辉。郝伯伯赶紧到抽屉里找糖果，他办公桌的抽屉里总会有几颗紫色玻璃纸包装的太妃软糖，是专门预备给朱鸿鹄的。郝伯伯喜欢朱鸿鹄，有点儿过分地喜欢。因为这个，陈阿姨和他吵过架的。陈阿姨觉得他对朱鸿鹄的喜欢里有不健康的东西，甚至有不道德的东西。怎么不健康？怎么不道德？郝伯伯梗着脖子问。你自己心里清楚，陈阿姨说。也就说到这里，不能再往下说，再往下，就伤自尊了。陈阿姨也是个骄傲的女人。

但老朱不怎么在意郝伯伯对朱鸿鹄的喜欢。就算郝伯伯的喜欢里掺杂了点儿不健康不道德的感情，这也很正常。老朱是个体恤他人的人，也是个大方的人。什么好东西都愿意和别人分享的。老家送了一篓刚下树的秋白梨来，他给郝伯伯家送去半篓；大夏天，他顶着毒辣的太阳去郊外钓鱼，钓回两条野生鳜鱼，一大一小，他把大的给了郝伯伯。郝伯伯和老朱一起去的呢，也很可怜地晒了半天毒辣的太阳呢，但他一条鱼也没钓着，别说鳜鱼，就是鲫鱼和翘嘴白也没钓着一条。当然，苏黎红不是秋白梨，也不是鳜鱼，他没法给郝伯伯送去一半。但苏黎红可以是一篇锦绣文章，“奇文共赏之”，只要这种赏，在一定分寸内，他是能理解和接受的。而分寸的把握，老朱是能充分相信郝伯伯的，他们都是五十年代的老知识分子，读过《诗经》的，知道什么是“发乎情，止乎礼”。而只要能“止乎礼”，就用不着太小气。至于陈阿姨所谓的“不道德”，老朱认为她还是有点儿言重了，最多也就是精神上的浪漫主义，和李白的“举头望明月”属于同一个性质，搞文学的男人嘛，偶尔“举头望明月”一下，也无可厚非的。不过，老朱也理解陈阿姨的愠怒，女人嘛，在这方面心眼儿都是绣花针尖一样小的，哪怕是长得人高马大的陈阿姨，也一样会拈酸吃醋的。这个他理解的。老朱这个人，就这样，既理解郝伯伯，也理解陈阿姨。因为这个，苏黎红也瞧不上老朱，认为他没有立场，没有黑白是非，这也是白的，那也是白的，“江山一笼统”怎么行呢?

孟周说我对苏黎红的态度有点儿恶劣了。你为什么要这么对苏黎红说话呢？他是喜欢苏黎红的，很喜欢。家里有一个这样的老太太多好，又漂亮，又优雅！六十多了，还一年两季穿裙子；还听音乐——不是像一般的老头儿老太太那样拿个小收音机听京剧或黄梅戏，而是戴着耳机用iPod听王菲的《容易受伤的女人》，听周杰伦的《七里香》和《菊花台》；还读《红楼梦》。孟周说，他第一次到我家见到苏黎红时，苏黎红就是坐在阳台藤椅上读《红楼梦》，面前有一盆开了粉紫色花的植物。什么花，他不认得，后来苏黎红告诉他那是瓜叶菊。他当时着实被惊艳到了。他无论如何没想到，朱小燕的妈妈会是这个样子。什么意思？我觉得又好气又好笑。他一点儿也不记得和我的第一次见面，却清楚地记得和苏黎红的第一次见面，每回说起来，简直有“人生若只如初见”的喟叹，我恼得不行，但苏黎红喜欢，每每听得眉开眼笑。

苏黎红也喜欢孟周。孟周是南京人，和曹雪芹是老乡，也和曹雪芹一样尊重女性。但曹雪芹的尊重，还有点儿势利，他尊重珍珠一样的女孩儿，而对那些死鱼眼睛，就没那么尊重了，可以说极尽刻薄之能事。“老刘老刘，食量大如牛，吃个老母猪，不抬头”，这哪是写女人？分明是写《水浒传》里的草莽男子。而孟周对女性，一视同仁。或者说，他对上了年纪的老妇人，态度愈加温柔。所以，苏黎红很喜欢和孟周待在一起。她去菜市场买菜——平时都是老朱买菜的，但我们一回家，她就愿意亲自去买菜了，带着孟周。老朱也想去，他习惯了早上去菜市场转一圈的，他的那些老伙伴们早上都在菜市场呢，他们把菜市场当社交场合的，大家喜欢早上去那儿过社会生活。但苏黎红不让老朱去，她吩咐他在家拖地。老朱三下两下拖完了地，苏黎红还不让他去，又吩咐他浇花。关于阳台上的花，他们俩是有严格分工的，老朱负责养护，苏黎红负责审美。老朱倒也没觉得不公平，本来花嘛，也是需要人审美的，而他在家坐不住，总要往外跑。如果没有苏黎红，家里的花就白开了。“木末芙蓉花，山中发红萼。涧户寂无人，纷纷开且落。”如果花都这么自开自落，没人看见，太可惜了！也太残忍了！对花而言，几乎是没有花道主义。所以，就算只为了花道，老朱觉得苏黎红的意义并不比他小。他们一个种，一个赏，各司其职，配合默契，几十年都这样。但老朱早上不浇花的，他习惯午后浇，睡了午觉起来，再莳弄莳弄花草，然后下楼到小区花坛那儿去下棋和看老妇们跳舞，这是他多年的作息。可孟周一来，他的作息就乱了。他的作息乱了不要紧，但花的作息不能乱，乱了的话，花会生病，还会死。所以，苏黎红虽然要他留在家里浇花，但他这时候也是“君命有所不受”的。可不浇花干什么呢？他有事可做，老朱永远不会闲着，他坐到我面前来，要和我探讨文学。老朱最喜欢和我探讨文学问题的，自从我考上北大中文系之后，尤其在大学中文系任教之后，他就认为我已经青出于蓝了。所以他和我探讨文学的态度，总是十分谦虚，甚至像学生那样称呼我，“朱教授——他平时叫我燕子，但讨论文学的时候，他就叫我朱教授了，打我还是讲师起，他就未雨绸缪地叫教授了——你认为在当下，文学对青年理想主义的建设如何起一种积极的作用？”

或者，“朱教授，你认为文学在现在的商业生态下，将如何洁身自爱？”老朱这么问，我真是受不了，憋不住想笑，好像文学是个黄花大闺女，不能被商业坏了贞节。我不愿意坐在家里和老朱讨论这种问题，我情愿和孟周一起去菜市场，看看莴苣或南瓜，权当“采菊东篱”了，但苏黎红也不乐意我去，她说，就买个菜，也不是上山打老虎，要那么多人干吗？

不单买菜，苏黎红做其他事，也都喜欢和孟周一起。去湖边散步，去超市买日用品——尤其去超市买日用品。苏黎红喜欢逛沃尔玛，那儿的荟食牛奶好，那儿的鳕鱼和蓝鳍金枪鱼好，而且，那儿的购物推车大，大到什么都能装。沙宣洗发露和润发乳苏黎红挑400ml瓶装的，西班牙原产的橄榄油苏黎红挑初榨的，购物推车装满了，去收银台。苏黎红坚持要自己付款，可女婿孟周在呢，怎么能让苏黎红付呢，两人推来搡去，最后当然是孟周赢了。

如果我在，他们推搡的时候我就不高兴了。别这样好不好，太难看了！我在孟周的身后嘀咕。孟周听见了，看一眼周围，然后面红耳赤地把钱包收了起来。苏黎红于是自己付了。

后来苏黎红就再也不让我跟着他们了。她对郝伯伯说，朱小燕这个小蹄子，坏着呢。

苏黎红总说我坏，这坏，主要是和郝伯伯的女儿郝敏比较而言的。郝敏和我是中学同学，没考上大学，高中毕业就去一家酒店上班了。苏黎红一度总拿这个讥讽陈阿姨。龙生龙，凤生凤，老鼠的女儿会打洞。因为我，苏黎红成凤了，而陈阿姨，成老鼠了。陈阿姨无话可说，灰头土脸，在酒店当服务员的郝敏，自然不能和考上北大的朱小燕比，两人一个在天上，一个在地下。苏黎红和陈阿姨呢，也因此一个在天上，一个在地下。以至郝伯伯，对陈阿姨的表情，也有恨其不争之意了。仿佛郝敏做服务员，是陈阿姨的错。如果他当年娶的是苏黎红，那么，他也能生一个考北大的女儿了。可不是吗？一个读《红楼梦》的妈，才能生一个考北大的女儿。而整天在厨房包馄饨的陈阿姨，哪怕把馄饨包得像一朵朵栀子花（这是老朱的比喻，老朱说陈阿姨的馄饨包得像栀子花），也只能生出做服务员的女儿来。

那几年，我着实让老朱和苏黎红很风光的。老朱因此更爱往外跑了，大有“春风得意马蹄疾”的意思；而苏黎红，那段时间也开始降贵纡尊地去小区花坛那儿，当然不是为了跳扇子舞，而是为了和那群跳扇子舞的老妇们谈论北大和朱小燕，“北大的食堂也不怎么样呢，我家燕子都吃瘦了。”“北大离圆明园可近了，就隔着一条路，抬脚就过去了，跟后花园一样。”“北大的未名湖真是大，烟波浩渺的，站在北边，不眯了眼，都看不到南边。”老妇们听不得苏黎红这么说，就一个学校里的湖，能大到哪儿去？还浩渺？但小区里的老妇们，没一个去过北大的，老妇们的儿女，也没一个考上过北大的，所以只能由了苏黎红在那儿胡嘚瑟。但陈阿姨有时还是忍不住冷嘲热讽几句，“你家燕子本来就瘦得麻秆儿一样，再瘦，不是没影儿了？”“圆明园有啥好看的？被火烧得就只剩下几个石头墩子，还后花园呢，压根儿没有像样的花，只有草。”陈阿姨其实没去过圆明园的，但看过圆明园的电影呢。苏黎红懒得搭理陈阿姨，没有共同语言。“就她那种粗壮身材，怎么能懂弱不禁风之美？我家燕子，怎么是麻秆儿？明明是林黛玉的体格，‘娴静时如娇花照水，行动处似弱柳扶风。’”“就她那个素质，也就能看个金碧辉煌，怎么能懂残垣颓壁之美？”回到家她蹙了眉对老朱抱怨。老朱和陈阿姨的关系很好，本来不想在背后说陈阿姨的坏话的，但在朱小燕和圆明园的问题上，他也是旗帜鲜明地站在苏黎红这一边的。“就是，我家燕子，怎么是麻秆儿？”“就是，陈慧芬那个女人，怎么能懂残垣颓壁之美？”老朱慷慨激昂地附和着苏黎红。

苏黎红呢，在那段日子里也真心实意地维护着我。

但我的好以及“弱不禁风”之美，很快就被郝敏十分结实的好取代了。郝敏在酒店一直进步，升组长了，升领班了，升大堂经理了，她简直像一株芝麻，芝麻开花节节高，她每往上蹿一节，陈阿姨就要春风满面地到小区花坛那儿去高调发布一回，小区的老妇们也很配合地祝贺一回。苏黎红从不参与这种祝贺，有什么好祝贺的呢？不就是组长吗？不就是领班吗？不就是大堂经理吗？再怎么升，格局也不高，最多也就是鸡犬升天的性质。酒店福利好，经常发东西，金华火腿，南京板鸭，东北榛蘑，郝敏拿回一样，陈阿姨就到小区花坛那儿十分细致地描述一样。板鸭蒸豆腐如何如何，榛蘑炖鲫鱼又如何如何，陈阿姨描述的时候，如果苏黎红也在，苏黎红就不说话，只酸酸地笑，是那种带有揶揄意味的酸笑。

榛蘑炖鲫鱼而已，被陈慧芬描述得像《红楼梦》里的茄鲞一样繁复高级。

苏黎红看不上，这个女人，真是没见过世面。

虽然看不上，但苏黎红还是心情不好了。

苏黎红的心情不好，自然是我的过错，我后来一直乏善可陈。苏黎红也不能总说北大的未名湖，也不能总说圆明园，说多了，不但小区的老妇们厌，即使苏黎红自己，也厌。北大毕业且在大学任教的朱小燕，都以为要前程似锦的，没想到，大学竟然“锦”不过酒店，郝敏的月薪一直比我高，而且还是芝麻开花节节高。而我的月薪，犹如苏黎红下颌部的龋齿，苏黎红只能含而不露。老妇们试探苏黎红，你家燕子在大学里教书，一个月拿不少吧？苏黎红假装没听见，很清高地缄默着。有的老妇点到为止，不问了；而有的老妇会“宜将剩勇追穷寇”，又十分执着地提高了声音问，你家燕子在大学里教书，一个月拿不少吧？

她们大概也知道我工资低的，看我回家时的寒碜行头就知道了，她们都不用认真看，只觑一眼，就八九不离十了，这方面她们很有人生经验的，可以说洞若观火，但她们还是想听苏黎红自己亲口说，这样才过瘾！谁叫苏黎红当初那么爱说北大的未名湖呢。

燕子一个月拿多少，我哪知道？我们从来不谈这个的。苏黎红嗤之以鼻。

庸俗！回到家，苏黎红气急败坏地对老朱说。

老朱也觉得她们庸俗。

女人庸俗点，老朱本来觉得没什么不好，老朱年轻时很向往风花雪月的女人，女人只要拿本书，在校园某个角落一坐，或微雨时袅袅娜娜地绕湖走一圈，老朱立刻就觉得她“美得像画一样”，当年他就是这样爱上孤芳自赏的苏黎红的，但和苏黎红过了多年婚姻生活之后，老朱对女人的看法就发生了根本的变化，他开始喜欢庸俗的女人了，认为一群女人聚在一起，叽叽喳喳地讨论庖厨之事，叽叽喳喳地东家长西家短几句，很美好，很有生活气息。

但她们不能庸俗地谈论朱小燕，一庸俗地谈论朱小燕，老朱就不觉得庸俗好了。

有些东西可以用价钱来比较高低的，比如上海青和黄芽白，比如鲫鱼和鳜鱼，但有些东西不能用钱来比较，比如朱小燕和郝敏。在老朱那儿，朱小燕在大学就是白干，一个子儿也不拿，也不是在酒店当领班的郝敏之流能比的。

这观点，苏黎红理论上也是同意的，虽然同意，但还是艳羡陈阿姨家的榛蘑及其他，还是嫌弃我的穷酸。

苏黎红第一次和老朱来师范大学看我时被我宿舍的破败吓了一跳——我那时刚分到学校，住单身教工宿舍，十几平方米的房间，还是和一个哲学系的女老师合住。房间的斜对面是老鼠出没的水房和臭气熏天的厕所。“在这种地方，你怎么还能读书？”苏黎红觉得不可思议。读书是要讲究意境的，要情景交融，所以林黛玉读《西厢记》是在沁芳闸。“你能想象林黛玉坐在厕所对面读西厢?”苏黎红问我。

我不能。住在潇湘馆的林黛玉，确实不能坐在厕所对面读西厢，那不像话。我甚至不能想象林黛玉这种人会如厕。但我不是林黛玉，我是朱小燕，朱小燕是可以坐在臭气熏天的厕所对面若无其事地读书的。

苏黎红后来再也没来过我宿舍，她甚至也不怎么愿意我回家。每到节假日，老朱会在电话线那端下饵，他是钓鱼的老手——燕子，回来呀，我给你包荠菜虾仁饺子；或者，燕子，回来呀，我给你做米粉蒸猪肠。我爱吃荠菜虾仁饺，我也爱吃米粉蒸猪肠——特别是米粉蒸猪肠，我在别的地方吃不到，它差不多隔段日子就让我生出类似于某种乡愁般的情感。所以老朱一说这个，我就像他垂钓的池塘里的鱼一样，蠢蠢欲动了。而且，我也知道，老朱想我了。我这个人，平时感情上是颇冷淡的，按后来孟周的批评，有些薄情寡义。但其实也有心软的时候，虽然不习惯主动表达情感，但别人一旦“投我以木桃”了，我一定会“报之以琼瑶”的，我总是受不了别人的好。但苏黎红说，燕子，你还是省省吧。坐几个小时的火车，就为了猪肠？——苏黎红不吃猪肠的，平时不让老朱做，嫌有味儿。这也是老朱希望我回去的理由之一，只有我回去了，老朱才能师出有名地做这道菜。

我同宿舍的哲学系女老师每个周末都回去的，不回去不行，她妈妈生气。翅膀就硬了？她妈妈总这么说，又柔弱又专横。哲学系女老师烦死了。你妈多好，体恤你，她说。

我无语。苏黎红的所谓“体恤”，也只有我懂。

有一回表哥结婚，我特意请假去吃喜宴，我本来很讨厌喜宴这种活动的，我不善于觥筹交错的应酬，一到那场合，我就显得特不自在。但这个表哥和我关系很好，差不多是青梅竹马，所以不能不去的。苏黎红一直脸色不好，我不明所以。临出门去酒店了，苏黎红上上下下地打量我之后问，你就这样去酒店？

这样怎么了？

苏黎红努努嘴，说，你自己照照镜子。

玄关那儿就有镜子。我抬头。牛仔裤，灰黑色套头毛衣，毛衣还有些旧，松松垮垮的——镜子里一看，是有点儿寒酸呢！

后来我就不怎么回去了。

没意思。

我其实一年也见不着郝敏一两回。但郝敏的事，我总会知道的。苏黎红会以她的方式告诉我。郝敏越来越窈窕和华丽了——也奇怪，陈慧芬那样粗壮的女人，怎么能生出郝敏这样窈窕的女儿？郝俊买房子了，也在“春江花月”呢，和鸿鹄一个小区，首付就三十万，郝俊一个小邮差，怎么拿得出三十万？都是向郝敏借的——说是借，其实哪会还？这是陈慧芬在帮儿子算计郝敏呢。你郝伯伯和你陈阿姨四月份去日本京都了，是郝敏出钱请他们去看樱花喝清酒吃寿司呢。陈慧芬那样的女人，还看樱花，看油菜花还差不多！附庸风雅呢！暴殄天物呢！

我好笑。陈阿姨为什么不能看樱花？难道看花还分人？什么女人能看樱花，什么女人不能看樱花，只能看油菜花？

你不认为陈慧芬那个女人和樱花完全风马牛不相及吗？

什么意思？难道陈阿姨和樱花风马牛不相及，她苏黎红就和樱花风马牛相及了？

可惜，我不能像郝敏那样请她去京都看樱花。

苏黎红的重点，其实也在这里。她批评陈阿姨不过是顺便，批评我才是她说这些的真正用意。

我不爱听这些。

我没有郝敏那么阔绰——就算有，我也不会请苏黎红去京都看樱花，看家门口的桃花不好吗？喝家乡的米酒不好吗？为什么一群老人要戴了小红帽像幼儿园的小朋友一样跟着导游叽叽喳喳坐飞机去日本？

老朱也这么说。那个清酒，有什么好喝的？酸溜溜，又甜兮兮的，像兑了糖水的米醋。如果要喝醋，为什么去日本呢？去山西不好吗？——郝伯伯回来时，给老朱带了一瓶清酒的。

附中食堂前面不是有两株樱花吗？皱巴巴的，哪里有桃花好看？有的话，《诗经》里就没有《桃夭》了，而是《樱夭》；陶渊明呢，也不会写《桃花源记》了，而是写《樱花源记》。

那个什么寿司，不就是饭团吗？我钓鱼就用它呢，把饭捏巴捏巴，就成寿司了？搞半天，我们池塘里的翘嘴白，原来吃的是寿司呀。

我知道老朱是为了帮我。他也听懂了苏黎红对我的批评和暗示呢，所以就用插科打诨的方式，替我解围。这简直是犯上了。苏黎红是不习惯老朱犯上的，老朱在她面前，妇唱夫随了大半辈子，现在为了朱小燕，竟然不随了，不仅不随，还唱起了反调。这怎么可以？苏黎红不禁凤颜大怒，指着老朱的鼻子对老朱说，朱仲春，你别和我过了，你去朱小燕家，和朱小燕过得了。

苏黎红经常这么威胁老朱的，在我和孟周结婚之前，还住在师大乌漆墨黑的青年教工楼时，苏黎红动不动就对老朱说，朱仲春，你别和我过了，你去朱小燕家，和朱小燕过得了。

老朱不当真。他怎么能去和朱小燕过呢，他要和苏黎红白头偕老的，这是誓言，当初他向苏黎红求爱时，很郑重地保证过的，要一辈子对苏黎红不离不弃。虽然苏黎红不稀罕，“谁要你不离不弃？你爱去哪儿去哪儿。”

老朱哪儿也不去，他去了，苏黎红怎么办？家里的卫生怎么办？阳台上的那些植物怎么办？

有一年，他去省教育局参加一个培训，也就一个月，回家一看，阳台上的植物枯死了一半，苏黎红呢，因为整天就着腌萝卜皮吃水泡饭和西红柿面条，也已经“人比黄花瘦”了。

他心疼得不行。花了足足一个月才把苏黎红调养过来。老朱自己清瘦得很，但他习惯看苏黎红珠圆玉润。

人和植物是一样的，各有各的体态。有些植物，比如兰草，只能瘦，瘦了才好看；而有些植物，比如牡丹，只能腴，腴则好看则健康荣华。兰草腴了，或牡丹瘦了，都不行，有违自然界的规律。

这是老朱多年养人养花的理论。我们家，苏黎红和朱鸿鹄，属牡丹类；而我和老朱，属兰草类。牡丹瘦了，不好看还在其次，关键是不健康了。苏黎红如果不健康了，那就要了老朱的命。

所以，老朱是不怎么出远门的。

但有段时间他跑省城比较频繁——他在省城有不少大学同学，某个同学因为某事，突然心血来潮地想张罗同学聚聚。老朱就兴高采烈地来了。来看老同学，也顺便来看看你，老朱说。来之前，他会去小区外的池塘垂钓上半天。那个池塘里有一种叫翘嘴白的野生小鱼，身体滚圆，刺少肉多，用菜籽油煎了，加姜蒜，加豆豉和小米椒，我特别爱吃。老朱装上两饭盒，再炖上一钵山药红枣汤——鱼带给我，而汤是留给家里的苏黎红的，万一那天老朱没能赶回去，要在省城住一晚，他怕苏黎红又只是就萝卜皮吃水泡饭瞎对付几餐呢。

我后来才知道，老朱那段时间来省城其实还有别的目的。那就是受苏黎红之命，来给我找对象，苏黎红怕我嫁不出去。老朱于是来省城拜托同学给他“才貌双全”的女儿找一个“才貌双全”的结婚对象——这两个“才貌双全”，是老朱自作主张加上去的，苏黎红压根儿没这么说。苏黎红可不认为我“才貌双全”。但“将在外，君命有所不受”。这当然增加了难度，“才貌双全”的男人那是凤毛麟角，而我已经二十八了，基本算剩女了，剩女按说是不应该再挑三拣四的。但伯伯阿姨们看在老朱的面子上，还是在力所能及的范围内，煞费苦心地给我安排了很多次“自然而然”的相亲（这也是老朱的要求）。老朱怕我反感相亲呢。我于是在不知情的状况下，被相了许多次，且一次也没有被相中。那些“凤毛麟角”见了我之后，都纷纷找借口婉辞。这事让老朱颇受打击，也迷惑。他的燕子明明就是“才貌双全”嘛。后来孟周老拿这事取笑我。喂，“才貌双全”，我袜子在哪儿？喂，“才貌双全”，把桌上那本书递给我。我气得要命，因为老朱，我无辜地有了历史污点。

其实那时我已经有了恋爱对象，就是孟周。他也住在青年教工楼，我的隔壁。我住厕所斜对面，他住厕所正对面。我们两个都是在臭气熏天的环境里还能安之若素读书的人。他后来告诉我，他就是因为这个才注意上我的。我呢，也因为差不多的原因注意上了他。我们都知道彼此的心意，但我们谁也不想先开口。“今日不雨，明日不雨，即有死蚌”，鹬说。“今日不出，明日不出，即有死鹬”，蚌说。你们就像那鹬蚌相争里的鹬蚌，都等着对方开口。我房间里的哲学系女老师说。要不是她某天实在看不下去了，一指头把我们的窗户纸戳破，天知道我们还要僵持多久。

对于孟周的出场，苏黎红和老朱的反应大为不同，苏黎红认为是峰回路转是柳暗花明，而老朱觉得不过尔尔——“尔尔”后来成了孟周的绰号，每当孟周嘲笑地叫我“才貌双全”时，我就叫孟周“尔尔”。

“才貌双全”，给我倒杯水。

你自己没长手吗？“尔尔”。

苏黎红一直和朱鸿鹄更合得来。朱鸿鹄性情温柔，说话像女孩子一样轻声细气，从小到大，几乎没有顶撞过苏黎红。他书读得不好，高考只考了个专科学校，那是一所当地陶瓷学校。我们这个小镇的孩子，成绩不好的大都上这类职业学校，学门手艺谋生的意思。有的学陶瓷机械，毕业后进陶瓷厂当个车工或铣工；有的学陶瓷拉坯，毕业后进陶瓷厂当个拉坯工人；有的学陶瓷美术，画花鸟虫鱼，或萝卜白菜，毕业后进陶瓷厂或私人作坊当画工，画一只碗碟两块钱，画一只花瓶四块钱，然后拿着这微薄的工钱结婚生子开始过艰难辛苦的人生。老朱以为朱鸿鹄会是这样的，他没指望朱鸿鹄能有什么出息。要出息也是北大的朱小燕出息，轮不上专科生朱鸿鹄的。老朱按他中学老师的逻辑这么想。但世上的事，最不好说的，尤其是生物，它总在生生不息的变化中。你以为会繁花满枝，结果却光秃秃的；你以为光秃秃的，结果却繁花满枝——这也是世人能兴头十足地活下去的原因。说不定呢，说不定在某个时辰，自己光秃秃的人生就"忽如一夜春风来，千树万树梨花开"了呢。朱鸿鹄就这样。他毕业后先在老师的作坊里做事，做了两年，一个师兄就偷偷邀他出来自己干。师兄说，一个茶壶，我拉的坯，老师付我五块钱；你画的画，老师付你五块钱，你知道他卖了多少钱？五百！朱鸿鹄不知道，他只知道茶壶底下有两个朱红色的字，清风。那是老师的艺名。但茶壶从第一道工序，到最后一道工序，老师没沾一个指头的，最后却是老师的作品，这让朱鸿鹄感觉有点儿不舒服。他们于是出来自己开了个小作坊，专做茶具，茶壶茶碗茶碟茶托。师兄拉的坯简单得很，有一种古代的朴拙；朱鸿鹄画的画，也朴拙。总是一个童子，或几个童子，在烹茶，或嬉戏，边上是一棵树，或几棵树，树下是几片风吹落的花瓣或树叶。他总画这个，几乎不变，最多在童子的头上扎个鬏儿，或衣衫弄出些花样，或者把边上的那棵树由芍药变成海棠或石榴。就这么一成不变的图，后来竟然卖到日本了。有个名古屋的日本商人，来小镇旅游，看上朱鸿鹄他们的茶壶茶碗了，喜欢得不得了。朱鸿鹄的事业就这样做起来了。虽然不是什么了不起的大事业，但至少丰衣足食了。他结婚后买了房，在外面过自己的小日子。苏黎红偶尔过去看看。所谓“偶尔”，是大概一周一两次的频率。这让马丽有点儿不高兴——那时我的弟媳还不是米宝，而是马丽。马丽是朱鸿鹄低两届的师妹，也是学陶瓷美术的。她的画风和朱鸿鹄的不同，朱鸿鹄画风朴拙，她的画风妩媚，就是一只猫一只狗，她也能画出万种风情来；几枝蒹葭几片花瓣，她也能画出无边风月来。她画的茶具，在市场上卖得很好，特别迎合小资产阶级妇女的审美趣味——就是那些喜欢读《情人》和《失乐园》的都市妇女，她们到我们小镇旅游时，一看见马丽的茶具就爱不释手了。苏黎红也喜欢马丽的茶具的，但她不喜欢马丽，“画如其人”，苏黎红这么对老朱说。苏黎红觉得马丽太轻浮了，动不动就在男人面前笑得花枝乱颤，还抽烟——这一点，老朱也不喜欢，虽然不喜欢，老朱还是尽量去理解马丽，马丽是搞美术的，是艺术家呢，所以在生活方式方面，出格些，也无可厚非的。但苏黎红不想这么理解马丽，不就是画些花呀草呀阿猫阿狗吗，幼儿园小朋友都能画呢，怎么就成艺术家了呢？怎么就可以抽烟呢？但苏黎红不当面批评马丽的，这不是苏黎红的方式，苏黎红是有教养的人，不当面批评外人的——虽然马丽已经和朱鸿鹄结婚了，但苏黎红一直把马丽当外人的，她客客气气地对马丽，什么也不说。但她在朱鸿鹄面前却什么都说，她和朱鸿鹄本来就是那种什么都说的母子关系。有时含蓄地说，有时也不那么含蓄地说。但她尽量做到有教养。她不是一般的小市民婆婆。朱鸿鹄总是不置可否，十分温柔地听着。她每回去朱鸿鹄那儿，母子俩都要坐在阳台上一边喝茶一边聊天几个小时，他们都是轻声细气说话的人，这在马丽看来，几乎就是窃窃私语了。有时苏黎红还会让朱鸿鹄陪她去散步，苏黎红是喜欢散步的，朱鸿鹄家边上，有一条特别适合散步的逦迤小路，两边都种了凤尾兰，那种开绿白色铃铛般花朵的植物。马丽不高兴。她是艺术家，艺术家都是喜欢表达感情的，一开始她还只是用脸色表达，苏黎红一来，她就拉脸。马丽脸长，一拉脸，就成“马脸”了，苏黎红回来这么对老朱说。老朱让她少过去，“你何必呢？要坐了公交车去她家看脸色？”“怎么是她家呢？明明是我儿子家。”苏黎红依然我行我素地一周去他们那儿一两次。马丽于是用更直接更激烈的方式表达感情了，苏黎红和朱鸿鹄一坐到阳台上轻声细语，马丽就在她的画室里折腾出各种哐里哐当的声音。有一次，她还摔了一个青花茶托，那个茶托是某个私家会所订的作品，她画了近一个月呢。真是舍得，真是败家。苏黎红说。朱鸿鹄没说什么，进去很仔细地把碎片收拾了。

应该说，朱鸿鹄那次离婚和苏黎红有很大关系的，虽然苏黎红自己不承认。她做了什么吗？就算偶尔会和朱鸿鹄谈论谈论马丽，那也是用谈论《红楼梦》里的人物方式，是品评，不是挑拨。她没有破坏他们夫妻关系的意思。她是说过马丽在男人面前——尤其在朱鸿鹄的师兄面前，笑得太灿烂，灿烂到了不体面的程度，但她也没有影射的意思，也就是批评她行为举止不端庄而已。她从来没有说过要朱鸿鹄离婚的话。就是到最后，苏黎红还想和马丽郑重其事地谈一谈，试图挽回他们的婚姻。但马丽根本不想和她说话，马丽连看也不看苏黎红一眼。马丽只是咬着她的瓠犀之齿对朱鸿鹄说，你为什么娶我呢？你应该娶你妈！娶你妈！

这种乱伦之言也可以说得出口的女人，离了有什么好惋惜的？苏黎红说。

朱鸿鹄那时还年少，结了又离了之后，也不过二十五岁。

老朱倒是唉声叹气了一些日子，但朱家没有谁会在意他的唉声叹气——他那个人，家里死盆植物，也心疼得要唉声叹气好几天的。

这事我从头到尾也没插一句嘴，轮不上。我那时还没结婚呢，还没过过婚姻生活呢，有什么资格对朱鸿鹄的婚姻发表意见？

就是结婚了，我也不会对朱鸿鹄的婚姻发表意见，那是他和苏黎红的事情，和我不相干的。

马丽的好，是后来对比出来的。朱鸿鹄在离婚一年后，又结婚了，和顾菡萏。

苏黎红一开始对顾菡萏真是很满意的，因为顾菡萏的家世。顾菡萏是名门闺秀，她在楼下小区花坛那儿这么对那些老妇们说。菡萏是什么名字呢？老妇们搞不懂。我们小区的女孩子，从没有这么生僻的名字。苏黎红耐心地和她们解释，“菡萏，就是荷花的意思，《诗经》里来的，‘彼泽之陂，有蒲菡萏’。”——苏黎红特意查过出处的，所以能引经据典。老妇们恍然大悟，菡萏就是荷花呀！荷花就荷花呗，叫什么菡萏？装神弄鬼的。她们后来说到朱鸿鹄的老婆顾菡萏时，总是叫“顾荷花”的。怎么这么长时间没有见你家顾荷花？莫非你家顾荷花怀孕了？在家里保胎？她们这么问苏黎红，带着有意无意的嘲弄。苏黎红真是无语。和这一群庸俗的老妇，真是没有半句共同语言的。

顾菡萏的父母，都在出版社工作，父亲是出版社的副社长，母亲是出版社的主任编辑，都是文化人。苏黎红虽然平时也以文化人自居的，但和顾菡萏的父母坐在一起喝了一次茶吃了一顿饭之后，她不得不承认，文化人和文化人也是不一样的，方方面面不一样，包括对人的称呼——苏老师，第一次他们两家在“江南”正式见面，顾菡萏的妈妈这么称呼苏黎红，她不叫亲家母，而叫苏老师，之后一直都这么叫的，即使在朱鸿鹄和顾菡萏结婚后，她和他们见面也还是“苏老师”“朱老师”地叫，很客气的。从头到尾——苏黎红后来细想起来，他们之间从没有用过“亲家”这个称呼的。

这是不是一种征兆？

但苏黎红当时觉得很好的。“苏老师”，叫起来多有文化！多有腔调！而“亲家母”“亲家公”，算什么呢？

小区的那些老妇们，每回聚在一起议论儿媳妇家的事情时，总是“我那个亲家母”“我那个亲家公”。人又不是螃蟹，称谓里还要带出公母？真是俗，俗不可耐。

称谓是能看出一个人的文化背景的。

顾菡萏之所以叫顾菡萏，不叫顾荷花，就因为她是名门闺秀。就如《红楼梦》里林黛玉会叫林黛玉，不会叫林黑玉。虽然“黛”就是“黑”的意思，但曹雪芹绝不会让林黛玉叫林黑玉。

老朱是颇不以为然的。不就是出版社吗？不就是出版社的副社长吗？不至于就“名门”了。但林黛玉和林黑玉之间名字好像是不好互换的，一换，就成了另一个人了。

当然，除了家世，苏黎红对顾菡萏的其他方面，也满意得很，比如顾菡萏的长相。不是说顾菡萏长得好看，顾菡萏其实没有马丽好看，眼睛没有马丽的大，眉毛也没有马丽的长，腰身也没有马丽的细。但马丽眼睛太大了，眉毛太长了，腰身太细了，过犹不及。而顾菡萏没有“过”，也没有“不及”，什么都长得正好，端庄得体，落落大方，一看，就是有出处有来历的长相。

还有顾菡萏的知书达理。苏黎红和朱鸿鹄坐在阳台轻声细语的时候——苏黎红还是“偶尔”会去朱鸿鹄那儿的，因为喜欢顾菡萏，所以“偶尔”得更频繁些，从一周一两次，到一周两三次，老朱钓到了野生鳜鱼，或做了朱鸿鹄爱吃的南瓜饼，或腌了顾菡萏爱吃的橘子皮——自从顾菡萏夸过老朱腌的橘子皮好吃，苏黎红隔些日子就会让老朱腌上一回的。这种时候，顾菡萏的表现就很“名门闺秀”了，和马丽完全不同，她会先陪苏黎红和朱鸿鹄在阳台上坐一会儿，也就一小会儿，问问苏黎红的身体，问问老朱的身体，有时还会再问几句在省城的姑子——也就是我的情况，之后就会起身去书房了，“不好意思，妈妈，我还有点儿事情，你和鸿鹄聊。”这是体恤了，为了让苏黎红和朱鸿鹄聊些私房话，母子之间，总有些私房话的吧。

真是有教养！苏黎红这么夸顾菡萏。

但顾菡萏的“有教养”也就持续了一年，一年之后，顾菡萏的“有教养”就变成了阴险，苏黎红在电话里义愤填膺地对我说，“燕子，没想到，我真是没想到，顾菡萏是这么阴险的女人。”

顾菡萏怎么阴险呢？

她唆使朱鸿鹄一起住到了她父母家！

由头是她妈妈的一场大病——后来苏黎红知道，这完全是阴谋，一个他们顾家人处心积虑策划的阴谋。因为顾菡萏妈妈的所谓大病，不过是急性阑尾炎，一个小手术而已，顾菡萏和朱鸿鹄过去照顾了他们几天——这个当时苏黎红也是赞成的，顾菡萏是独生女，这种时候责无旁贷，没想到，之后他们就住下了，不回来了。这事顾菡萏是先斩后奏，他们都已经搬家了好几天，才打电话对苏黎红说，妈妈，鸿鹄和我决定住到苏圃路来，苏圃路生活更方便些。

顾菡萏不说住到了她父母家，而说住到了苏圃路。而且，还是“鸿鹄和我决定”。

苏黎红这下子真是领教了“名门闺秀”的厉害！

苏黎红不信朱鸿鹄会做这个决定，偷偷打电话问朱鸿鹄，朱鸿鹄细声细气地说，住她父母家，是方便些。

这个苏黎红也承认。顾菡萏父母家房子更大，一百八十平方米呢，还是复式的，楼上楼下都有洗手间，家里还有个大院子，他们家的保姆，在院子里种了好些有机蔬菜，蕹菜、丝瓜、芋头，什么都有。顾菡萏的妈妈说，现在外面的菜都有农药呢，还是吃自家种的有机蔬菜好些。

苏黎红再也不能“偶尔”去朱鸿鹄家了。

那也不是朱鸿鹄的家了。之前苏黎红不看马丽的脸色，说，“那怎么是她家呢？明明是我儿子家”，现在苏黎红无论如何不能这么说了，说不出口。

你儿子这是入赘了吗？小区的老妇们讨厌得很，故意这么问苏黎红。

苏黎红的心口痛又犯了，躺在藤椅上不吃不喝，老朱熬了糯米芝麻南瓜粥——这是治苏黎红的偏方，每回苏黎红犯病，不论什么病，心口痛、感冒，甚至眼睛酸痛，只要一喝老朱熬的南瓜粥，就不治而愈了。老朱因此很得意，在郝伯伯面前吹嘘，我的南瓜粥，是不是比荣国府里的人参还厉害？郝伯伯说“是是是”，但陈阿姨在一边听了直冷笑，你家老苏——郝伯伯叫苏黎红，从来都是“小苏”“小苏”的，陈阿姨最不爱听。每回郝伯伯“小苏这”“小苏那”时，陈阿姨都要纠正他，什么小苏，肉麻不肉麻？都六十多的人了，早就是老苏了，老苏。陈阿姨从不叫小苏，陈阿姨逮着机会就会“老苏”“老苏”地叫——你家老苏，本来生的也就是南瓜粥相思病，你这是对症下药，能不好？老朱打着哈哈，他知道陈阿姨在说苏黎红没病装病呢。

但这一回比荣国府的人参还厉害的糯米芝麻南瓜粥也不管用了。苏黎红压根儿不张嘴，只是蹙了眉，用两手摁住胸口，一副“西施捧心”的样子。

老朱这下慌了，苏黎红连南瓜粥也不吃的话，那就是真病了。老朱吓得赶紧给朱鸿鹄打电话。

朱鸿鹄马上就来了。对朱鸿鹄来说，这个世界上，什么事情也没有苏黎红重要的。

朱鸿鹄在苏黎红的藤椅前坐了几小时，这才把苏黎红的心口痛略略坐好些。

之后苏黎红心口痛的毛病隔三岔五就要犯上一回了，朱鸿鹄呢，隔三岔五也就要过来一回。

他后来买了车，一辆大众途观，原野红的SUV，从苏圃路开到我们家，也就二十多分钟。

老朱对我说，你妈这一招，也叫“师夷长技以制夷”。

我听了好笑，也就一年半工夫，“名门”就成“夷”了。

对朱鸿鹄既成事实的入赘，老朱想必也是有些耿耿于怀的。

所以他对苏黎红的心口痛就配合得很，两人演双簧一样默契，每次苏黎红一做出“西施捧心”的动作，老朱就赶紧用忧心忡忡的声调给朱鸿鹄打电话。

苏黎红这么频繁地“生病”，顾菡萏自然不高兴，不高兴她也不表现出来，或者说她不会以马丽那样的方式表现出来：拉下“马脸”，或者哐里哐当地摔碎自己辛辛苦苦画了一个月的茶托。她不会做这一类的无聊事情，她是“名门闺秀”，就是不高兴了，也还会礼数周全地买了同仁堂的燕窝和柏子养心丸让朱鸿鹄拿过来。

但我想朱鸿鹄和顾菡萏的夫妻关系应该就是那时生

出嫌隙的。虽然后来顾菡萏和朱鸿鹄离婚时的理由是“性格不合”。

在苏黎红“师夷长技以制夷”几个月之后，朱鸿鹄从苏圃路搬出来了，他一个人又住回了“春江花月”。

朱鸿鹄说，顾菡萏要专心准备职称外语考试。

这事苏黎红是很支持的，不管怎样，小区老妇们再也不能造谣说“你儿子入赘了”。

老朱还是隐隐地有些不安，他打电话问我，燕子，你说鸿鹄自己住回来，是不是他岳父岳母说什么了？还是和菡萏的夫妻关系出了问题？

这事你问我干什么？你问朱鸿鹄哇。

问了，但鸿鹄说，没什么问题，好着呢。

那你杞人忧天干什么？

但“好着呢”没半年，朱鸿鹄和顾菡萏就离婚了。

有一天晚上，朱鸿鹄给我打电话，他喝得醉醺醺的，在电话里不停地问我，姐，你说妈的身体怎么那么不好呢？你说妈的身体怎么那么不好呢？你说妈的身体怎么那么不好呢？

那时他刚刚和顾菡萏商量好了离婚的事。

我一点儿不知情。我当时正和孟周约会呢，没有心思管他和苏黎红的事情，也不想管。他们是亲密无间的母子，而我是外人。我对孟周说，假装出不在乎的样子，但其实当我说出“外人”两个字时，我的心也隐隐作痛的，不过，这是我的痛，和痛经一样，很隐私的事情。

他们？孟周奇怪地看着我。

是的，他们。我冷淡地说。

想必孟周对我薄情寡义的评语就是那时候得出的。但我不解释，我有自我治愈的方式，那就是把苏黎红第三人称化。当你学会了把某人第三人称化，那么意味着，你和这个人的距离就远了。你看这个人，就如看某幅画，某处风景，你们的关系，就超越了世俗的伦理，而变成了某种审美关系。而一旦你和他人，或者说和世界，建立了审美关系，那么你就掌握了主动权，可以说永远立于不败之地了。因为一幅画，或一处风景，不论它美，还是丑，终归是静物，不是动物，它是不能伤害审美者的。

我后来甚至把这种方式推及到我人生哲学的广度。不论谁，我女友也罢，或者一度走得十分亲近的我的某位师兄也罢，只要我感觉到了一种不适，一种类似于背叛的轻微的不适，我立刻就把“我女友”或“我师兄”变成“她”或“他”了。

这差不多是我的武功秘籍，多年来我就是靠着它才能“江山笑，烟雨遥”的。

所以，当朱鸿鹄那个晚上痛苦地在电话里问我“姐，你说妈的身体怎么那么不好呢?”时，我阴阳怪气事不关己地对他说，你没听见老朱叫她苏黎红小姐吗?金枝玉叶的小姐，身体能好？身体好的那是丫鬟，不是小姐，知道否?

苏黎红和老朱是几个月后知道朱鸿鹄离婚之事的。

有一天她和老朱在沃尔玛的“五谷磨房”专柜那儿买五谷固元膏。秋天了，苏黎红有些掉头发，听人说吃五谷固元膏好，就打算买两盒。远远看见顾菡萏的父母在海鲜区，好像在挑螃蟹。是苏黎红先看见的，但她不想先打招呼，低了头假装看说明书。老朱一会儿也看见了，老朱一看见就不得了，马上“屁颠屁颠地”跑过去打招呼——“屁颠屁颠地”是苏黎红对老朱的形容，老朱这个人总这样，在外面不论遇到谁，都会“屁颠屁颠地”跑过去，很热情地主动打招呼。苏黎红最看不上老朱这一点，没有身份，不懂矜持。“就是遇到块认识的石头，他也要招呼的。”苏黎红鄙夷地说。但我外婆，也就是苏黎红的妈，却最喜欢老朱这一点。有人情味儿，外婆说。

但那天当老朱“屁颠屁颠地”跑过去打招呼的时候，副社长夫妇的表情却有点儿不自然。老朱没多想，还很热情地建议“中午一起吃个饭”，这时顾菡萏正好从电梯那边过来了，挽着一个男人的胳膊。老朱以为那男人是顾菡萏的某个亲戚呢，表兄弟那种的，笑吟吟地站那儿等着副社长介绍。

这是小孙，副社长讪讪地说。

一起去，一起去，老朱说。

我女婿，副社长又说。

什么意思？老朱有些懵，小孙是朱鸿鹄的连襟？可顾菡萏不是独生女吗？

苏黎红和老朱这才知道朱鸿鹄已经离婚了。

这一回，老朱大发雷霆了，婚姻是儿戏吗？是儿戏吗？怎么能动不动、动不动就离婚呢？

知道什么叫“白头偕老”吗？知道什么叫“相濡以沫”吗？

你这样发展下去，是要做孤家寡人吗？总有一天你妈会死，我会死，到时你准备孑然一身过一辈子吗？

朱鸿鹄低眉敛首噤若寒蝉。老朱平时温文，不怎么发脾气的，可一旦发起脾气来，就十分草莽恐怖。眼珠子瞪得滚圆，一张黑脸紫成猪肝色了。这种时候连苏黎红也不敢吱一声的。

苏黎红也伤心欲绝。倒不是因为怕朱鸿鹄会“孑然一身”，朱鸿鹄离两次婚后，也不过二十九，二十九的顾菡萏一离婚都能马上和别的男人“比翼双飞”，二十九的朱鸿鹄还会“孑然一身”？要知道，二十九的女人和二十九的男人可不是一回事，离婚的男人和离婚的女人也不是一回事。所以老朱纯属杞人忧天。老朱这个人，总是喜欢杞人忧天的。苏黎红不伤心这个，苏黎红伤心是别有怀抱，什么怀抱呢？就是朱鸿鹄离婚之前没有和她商量，和马丽离婚时他是和她反复商量了的。前前后后的曲折，她都知情。但这次他竟然滴水不漏。在她这儿也滴水不漏呢！这是从没有过的。他们母子之间一向可是什么都说的。生意上的事，家里家外的事，大大小小的，什么都说。他们母子俩，要论起来，有点儿不像母子的，倒是有几分像母女，或是像姐妹。朱鸿鹄就是买件毛衣，都会问苏黎红什么颜色好看。有一回，那还是他和顾菡萏新婚燕尔的时候，顾菡萏给朱鸿鹄挑中了一件墨绿色毛衣，苏黎红和老朱也在边上，“妈，你说哪个颜色好看？”朱鸿鹄问苏黎红。老朱忙不迭地说：“墨绿色好看，墨绿色好看。”可苏黎红说：“那件烟灰蓝的也挺好。”朱鸿鹄最后还是买了那件烟灰蓝的。

诸如此类的事情，苏黎红喜欢讲给我听，我知道她的意思，又在寓贬于褒呢。褒朱鸿鹄，贬我。

我和朱鸿鹄正相反，朱鸿鹄什么都听她的，而我什么都不听她的。

苏黎红早习惯了我的忤逆，但她不习惯朱鸿鹄的忤逆，所以这事对苏黎红打击很大，每天捂了心半躺在藤椅上，哼哼叽叽。

老朱不管她，老朱现在没有心情熬芝麻南瓜粥了，也不再给朱鸿鹄打电话，也不到小区花坛那儿去和郝伯伯下棋了，整天拿个小马扎去郊外的池塘钓鱼，一个人，下雨天也去。

老爷子玩“孤舟蓑笠翁，独钓寒江雪”呢？孟周戏谑地问我。

我听了有点儿生气，女婿到底是外人。别看孟周平时和苏黎红老朱亲密得很，比我这个嫡亲的女儿还亲密呢，但到时候，亲是亲，疏就是疏了。

我心疼老朱了。老朱可不是个爱独来独往的人，他一向喜欢热闹的，尤其上了年纪后，更是哪儿人多就去哪儿。我曾讥讽他越来越像贾母了，爱看戏，还爱热闹。无论什么时候有宴聚什么的，老朱总是那个最不喜欢散场的人。

天下没有不散的筵席，知不知道？我老气横秋地对老朱说——虽然是女儿，但因为老朱总称呼我“朱教授”，所以我已经习惯在老朱面前以“朱教授”的身份说话了。

是呀，都要散的。老朱也感慨。

生命是孤独的事，终归要一个人来，一个人走。

是呀，要一个人来，一个人走。老朱这时会伤感起来。

但也就伤感了那么一会儿，老朱又打起了精神，老朱说，贾母为什么要在大观园养戏子？曹孟德为什么要“我有嘉宾，鼓瑟吹笙”？就因为终归要一个人，所以能不一个人的时候，就不要一个人吧。

原来老朱的哲学和我的不一样。我以为，既然终归要一个人，就不如一开始就习惯一个人。但老朱以为，“就因为终归要一个人，所以能不一个人的时候，就不要一个人吧。”

想到像贾母一样贪恋热闹的老朱，一个人默然坐在池塘边，我就难过。

要不，把老两口接过来住些日子？孟周将功赎罪般地建议。

我这时已经和孟周“也算结婚了”。“也算结婚了”是苏黎红的说法，因为我们既没有办婚礼，也没有去某个远方，比如尼泊尔旅行结婚——苏黎红之所以对尼泊尔念念不忘，是因为郝敏就是去的尼泊尔旅行结婚，不但去了小区老妇们从没听说过的尼泊尔，还穿着大红旗袍在酒店“一拜天地二拜高堂夫妻对拜”了。而我和孟周呢，“倒是会节约”，就在宿舍门口贴了副红对联就“也算结婚了”。

苏黎红对我们贴副对联就算结婚的做法是颇有意见的，但有意见也无可奈何，因为这是朱小燕的婚事，而朱小燕从小到大都不听苏黎红话的。

虽然她对别人又是另一套说辞。大学里的人，都这样，不讲究社会上那些繁文缛节的。

郝伯伯在一边附和，是是是，大学里的人，都这样，不讲究那些繁文缛节的。

小区的老妇们半信半疑。但她们除了朱小燕，也不认识其他大学里的人。

那一次因为孟周的极力劝说，苏黎红和老朱来我们这儿勉强住了三天。

我们那时其实已经从“臭气熏天”的青年教工楼搬了出来，因为结婚，师大分给了我们一套宿舍，三十二平方米，一室一厅，在三食堂边上，自然是旧的。

我和孟周把它当天堂。房子虽然旧，却是那种颇有情调的旧，红砖青瓦，绿树掩映，好看得很。最要紧的是，我们终于有自己的卫生间了，终于有自己的厨房了，我们还有自己的阳台了。阳台可以晾衣裳，还可以晚上坐那儿看星星看月亮。虽然后来我们发现看月亮有点儿不是很方便，不仅因为小，小得两个人坐那儿就显局促，还因为楼上的那户人家，喜欢把拖把晾挂在阳台下方，我们一抬头，总是先看见拖把，后看见月亮。

这当然煞风景，但我和孟周也没去找过楼上人家提意见，省得生事。反正我和孟周会自得其乐，孟周教我，你虚了眼看，那拖把的样子，其实和枝叶纷披也差不多。

但苏黎红觉得我们家“不是人住的”。不清净，太嘈杂了，而且，东风一吹，隔壁的食堂就传过来一股潲水味，也不比原来住厕所对面好多少，还有恶邻——她因为拖把的事跑去敲楼上人家的门，结果人家说，我家拖把一直是挂这儿的，挂了几年了。砰地就把门关上了。苏黎红没防备，门差点儿就撞她脸了。大学里的人，怎么这么没素质？苏黎红气得要命，要孟周立刻上楼去找那户人家理论。

孟周本来要硬着头皮去的，但我不让。我们和楼上人家没有打过任何交道，点头之交也没有。我和孟周，本来就是那种喜欢过蚌一样人生的人。而且我们知道，楼上人家是后勤处的，男人是电工，长得牛高马大的，屁股后面整天挂个帆布工具袋，里面都是老虎钳子螺丝刀；女人看着也是河东狮一类，凶悍得很。和他们理论，万一冲撞起来，孟周一手无缚鸡之力的书生，能是那电工的对手？都不用电工出马，估计那只河东狮，胳膊一伸，就能把孟周抡下楼来。弱国无外交，我对孟周说。

孟周赶紧点头称是。

老朱也说，邻居之间，还是要相互礼让。

苏黎红没办法，只好“礼让”。转身却和我嘀咕，你爸这个男人，一辈子也别指望他能“冲冠一怒为红颜”。

你家孟周，别的还好，这方面我看和老朱也差不多。苏黎红带着白璧微瑕般的遗憾说。

我无所谓。我不需要孟周为我“冲冠一怒为红颜”。

动不动就“冲冠”的男人有什么好呢？孔子的三千弟子里，最爱“冲冠”的就是子路了，最后“不得其死”的也是子路。我虽然也景仰子路的英雄主义，女人谁不爱英雄呢？但这样的男人如果做老公，女人恐怕成天就要为他提心吊胆了。

苏黎红和我话不投机，我们母女俩，从来都是话不投机的。

苏黎红在我家住得十分憋屈，总说要走要走。我烦她，差点儿就说出“要走你走”这样的话。我想让老朱多散几天心。看得出来，老朱在我们这儿待得还是相当愉快和充实的。他似乎已经把朱鸿鹄和顾菡萏离婚的烦闷置之脑后，完全耽溺于我家的庖厨之事了。我和孟周，因为老朱，简直过上了饭来张口的美好生活。这让我有点儿不好意思，虽然从小到大我早就看惯了系围裙的老朱，但毕竟这不是在他家，而是在我家，我还是应该尽地主之谊的。孟周也不安，一个劲儿地朝我使眼色，还揎腕捋袖地作势要进厨房帮忙。但老朱说，出去出去，你俩都给我出去，到客厅去和你妈说说话。厨房这么小，你们在这儿碍事。我们于是半推半就出去了，坐在客厅里，陪苏黎红说话，是孟周陪，我看我的书，一边等吃现成的。老朱的厨艺很好，“不是一般的好”，孟周说。孟周本来对吃没有多少要求的，他标榜自己是个精神主义者，“粗缯大布裹生涯，腹有诗书气自华”，他这么夸自己。他非常不理解孔子的“食不厌精，脍不厌细”的人生态度。一个春秋时代的大知识分子，大思想家和大教育家，那么重视感官，真是让人觉得匪夷所思。可连着吃了几天老朱精烹细脍的食物之后，他突然醍醐灌顶般地理解了孔子。要不，以后——等我们有了大一点儿的房子的时候，让你爸，还有你妈，和我们一起过？夜里孟周算计说。他爱上老朱了。他原来是更喜欢苏黎红的，现在移情别恋了。老朱呢，也喜欢上他了。当然老朱喜欢孟周，既是礼尚往来，也是爱屋及乌。老朱本来一开始说孟周“不过尔尔”的，但现在这个“尔尔”，看来还不错。不仅和朱小燕相亲相爱，还有点儿情趣。老朱喜欢有情趣的男人。孟周会喝酒，还会下棋——那几天的半上午和半下午时分，他们会下上两盘围棋的。孟周的棋艺似乎比老朱高，但他一点儿也不知道让老朱，每回都毫不客气地把老朱杀得丢盔弃甲的。但老朱因为这个，更喜欢孟周了。

老朱在我家待得有点儿乐不思蜀，他甚至打算去听我的课。“朱教授，你在哪栋教学楼上课?”我吓得哆嗦，好家伙，要是他老人家坐在下面听我课的话，那我可能就不是在黑板上写不出“温庭筠”的“筠”字了，说不定，杜甫的“甫”字都不会写了。那还得了？我以后不要在中文系混了。好在有孟周出面“英雄救不美”——孟周不论什么时候替我解围，都要这么说上一句的。我一般由了他自得其乐，但有时也会反唇相讥：“我非美人，你也非英雄，所以我们俩最多也就是狗熊救不美。”听我这么说，孟周高兴得很，呵呵呵地笑着把老朱带去听讲座了。那次正好有一个从哈佛大学过来的学者，在小礼堂做一个“中美教育之比较”的讲座。老朱一听，又是哈佛又是教育的，立刻兴致勃勃地跟着去了。我这才躲过一劫。

虽然孟周一再挽留，但三天后老朱和苏黎红还是回去了。苏黎红说，你这儿实在不是人住的地方。老朱倒没有嫌弃我家，但他也说，要回去，要回去，再不回去，家里的花草怕要干死了。

那个时候苏黎红还没想过要和我一起住的事情。

就是在闲谈里，她也是这么说的：朱仲春，你不是喜欢朱小燕吗，你以后肯定跟朱小燕的。

那你呢?

我？我跟鸿鹄呗。

她这样分配的时候，我是当真听的。我相信她也是当真说的。

人不是石头，可以千年万年不老，人吃五谷杂粮，所以和花草树木一样，有青春繁茂，也有干枯衰老。所以，虽然现在苏黎红还在很窈窕地散步和做瑜伽，老朱还在很敏捷地种花草和钓鱼，但总有一天他们会更老，老到什么也做不了，老到他们不能彼此照顾了，老到自己也不能照顾自己了，到那时，我和朱鸿鹄就要像领养孤儿一样一人领养一个。

真到了那一天，苏黎红想朱鸿鹄领养她。

至少在朱鸿鹄娶米宝之前，苏黎红是这么打算的。

我也觉得这很好。父母和儿女的关系，也像恋爱，要讲究两情相悦的。

米宝这个女人，和马丽不一样，和顾菡萏也不一样。

一开始苏黎红是不同意这门婚事的。米宝比朱鸿鹄大，大多少？“大一点儿。”朱鸿鹄说。这“一点儿”到底是多少呢？苏黎红追问，朱鸿鹄支支吾吾，先是说三岁，后来又说四岁，等到结婚后，苏黎红有一次看了米宝的身份证，才知道米宝比朱鸿鹄足足大了六岁。

米宝本来就老相，和朱鸿鹄走在一起，说像姐弟都有点儿抬举米宝了，可也不像母子，苏黎红和朱鸿鹄才像母子呢，而米宝那样长相的女人，是生不出朱鸿鹄这么好看的儿子的。倒是有几分像保姆——是那种侍候了主子多年因此也有了一定身份的保姆。

米宝丑。额头尖窄，而下颚又宽阔。看上去，不太像人类，倒像某种食肉动物，像什么呢？像野猪，苏黎红说。不，还是像鲇鱼，老朱说。

把一个女人说成像野猪，实在是太过分了。苏黎红不过是借这个比喻，表达她对米宝的憎厌。但老朱说像鲇鱼也没有改善多少，老朱本来不是个刻薄的人，可见他也不怎么喜欢米宝的。

朱鸿鹄为什么要娶米宝呢？我们大家都迷惑不解。

是“三而竭”了吗？所谓“一鼓作气，再而衰，三而竭”。是不是结婚也像作战？是每况愈下的，还是在娶过如花似玉的美人马丽和端庄得体的顾菡萏之后要改弦易辙？抑或是故意和苏黎红作对——这也是有可能的。我想起那个晚上朱鸿鹄醉醺醺地在电话里说的话，姐，你说妈的身体怎么那么不好呢？你说妈的身体怎么那么不好呢？

我甚至还做过形而下的猜度，是不是米宝在床笫之事上表现特别好？原来和哲学系女老师也讨论过这个命题的，因为当时的一则社会新闻：有个三十几岁的男人娶了一个五十几岁的女人，而且山盟海誓，而且一往情深。哲学系女老师说，男女之好，一旦逾越了白天的逻辑，那就要用黑夜的逻辑来理解。所谓“黑夜的逻辑”，就是说床上功夫。但米宝长成那个样子，按说没有狐媚惑主的本钱，可这事谁说得清呢？说不定正因为没有本钱，才更有可能下功夫呢。

就如有些菜的看相虽然不好，比如米粉蒸猪肠，但一放进嘴里，口舌就知道它的销魂了。

当然，这事不好向朱鸿鹄求证的。

朱鸿鹄到底因为什么要娶米宝呢？在和米宝相处过一段时间之后，我大概明白了。

我之前一直没经历过米宝这种女人的。我身边的女人，马丽也好，顾菡萏也好，包括苏黎红和我，一个个都是现代女人。所谓现代女人，也就是自我意识较强的女人。“我”在先，然后才是“他们”。但米宝不一样，米宝是个传统的女人，怎么个传统法呢？不是说她穿旗袍，或者烟视媚行，不是那样的传统。而是她有婢的精神，这么说似乎也不怎么妥，像骂人。但米宝真有服侍人的自觉。比如我们一家在一个桌上吃饭，我和苏黎红，都是那种只管自己吃自己饭的女人，但米宝不，米宝的眉里眼里，全是别人。莲藕汤来了，她第一个给苏黎红盛；老朱杯里的酒刚浅了几分，她立刻就斟上了；朱鸿鹄的碟子里有几丝姜，她细细地帮他挑了出来，说，鸿鹄最近胃有点儿不舒服，不能吃刺激性的东西。甚至我，她也照顾到了，她把卤水白鱼的尾鳍部分搛给了我——或许是朱鸿鹄告诉了她，我喜欢吃鱼尾。

一桌的人，她都服侍得十分熨帖。只有孟周她没有服侍到。那也是懂事。不越俎代庖。

人都是喜欢被服侍的。朱鸿鹄想必就是这样对米宝上了瘾。

苏黎红后来也上瘾了。

特别是在米宝帮苏黎红洗过头之后。这原来是老朱的活儿。在太阳好的日子里，苏黎红喜欢叫老朱烧上一大壶热水，兑温了，然后在阳台上半弯了腰让老朱提了壶从上往下浇花一样帮她洗头。当然比浇花困难多了，花不会说话，水多了少了，凉了热了，都没意见。但苏黎红意见多得很，稍一不慎，水浇到了脖子里，或洗发水流进了眼睛，而干毛巾递得又不及时，苏黎红就要叫嚷了；如果再不小心把苏黎红的头发扯下几根来，那就要了苏黎红的命。苏黎红的头发细软，看上去有点儿薄，所以每一根都看得十分金贵，简直和白居易一样。白居易也是掉一根头发要念叨半天的人，“朝亦嗟发落，暮亦嗟发落”。但苏黎红不仅嗟，还会叱。“你看看，你看看。”苏黎红把几根头发团在一起捧在手心里给老朱看。老朱还真戴上老花镜，仔细地看，看后还啧啧啧地，一副牙疼的样子。我好笑。我就不明白苏黎红为什么不在卫生间的莲蓬头下自己洗，这不更省事吗？孟周说，这是仪式，你懂不懂？

我不懂。

可仪式也被米宝僭越了。有一次米宝说，爸，让我试试？

也许是因为护士出身，米宝的手软得像观音手里的拂子。

那个舒服！苏黎红后来躺在藤椅上让米宝梳头的时候，竟然睡着了。

苏黎红终于同意朱鸿鹄的婚事了。

家里有个护士，也好。苏黎红说。

我其实不意外。

苏黎红就是那种人。那种最后会选择“被爱”的人。

当初苏黎红会和老朱结婚，也是这样。

苏黎红和老朱是大学同学，两个人的现实条件，按说是风马牛不相及的。苏黎红是城里的大小姐——我外公是一家大玻璃工厂的机械工程师，外婆是新华书店的会计。每个周末，机械工程师和会计都会带上大小姐苏黎红和两个舅舅一起上电影院去看电影，然后再上“凤祥春”酒楼打牙祭，他们常点的一道菜是水晶肘花。老朱都不知道水晶肘花是什么。老朱后来和我谈起时，还是带着一脸的景仰神情。燕子，你不知道，在那个年代，他们周末竟然上电影院看电影，竟然上馆子。老朱简直不能想象苏黎红“大小姐”的奢侈生活。老朱从乡下来，我爷爷是农民，我奶奶也是农民，他们从不过周末的，也从不去电影院看电影，也从不上外面的馆子吃饭。这意味着什么呢？意味着我外公外婆和我爷爷奶奶之间是两个阶级，一个是资产阶级，一个是无产阶级。也就是说，苏黎红和老朱，之前过的是完全不同的生活。不仅如此，他们的形象也有霄壤之别。苏黎红长得也是很“大小姐”的，肌肤胜雪，体态娇娜，像画里的人儿；而老朱长得也很“农民”，又矮又黑——黑到太阳一下山，他如果正好穿的是深色衣裳，就不见人影了。相当长的一段时间里，苏黎红都拿这个取笑老朱的。“朱仲春，你在哪儿呢？在哪儿呢？”——就这样的两个人，最后结婚了。是老朱追的苏黎红。老朱一开始追苏黎红时，谁都觉得是癞蛤蟆想吃天鹅肉。但老朱志存高远，不屈不挠地追了四年，终于把这个“大小姐”追到了手。

可老朱说，其实也不算不屈不挠，因为到后来——那时他们已经分配到不同的城市了——他还是“屈挠”

了的。一个男人，生命里是需要有“举头望明月”的阶段的，可也不能望一辈子，那样脖子吃不消。老朱是个有意志力的人，一旦决心放弃了，就能做到的。男人可能都这样，所谓“郎心似铁”。所以大学毕业后，有一年多的时间，他管住自己，一次也没有去找过苏黎红，虽然他工作的城市离苏黎红的城市并不远，坐火车也就几小时。但他一次也没有去找苏黎红。

是苏黎红回头找的他。

当时正好老朱单位的一位大姐帮老朱介绍了一个对象，他们已经见过几次面了——我后来很无聊地问过老朱，那对象长得怎么样？老朱说，怎么样？就是普普通通的女性。但他那个时候，审美已经从“绚烂归于平淡”了。也就是说，他那时已经打算和那个普普通通的女性结婚了。可就在这时，苏黎红来了。老朱虽然可以做到不主动去找苏黎红，但苏黎红一来找他，他还是没有办法的。

两人分开的一年多里，苏黎红的事情，老朱一点儿也不知道，老朱出家般，自觉地远离着苏黎红；但老朱的情况，苏黎红了如指掌。她有一个室友，和老朱在一个城市。所以老朱这边一有动静，苏黎红就来了。

那个时候，苏黎红也是有男朋友的，一个外科医生，人长得溜光水滑，但和苏黎红相处得“佶屈聱牙”——苏黎红前前后后谈过几个男朋友呢，哪一个都长得溜光水滑，但哪一个都相处得“佶屈聱牙”。

你妈那个小姐性子，谁能受得了她？也就是你爸，由了她作。外婆说。

这个苏黎红自己也承认的。她偶尔会说起当年的事，说有一次，是大冬天的夜里，外面下着雨雪呢，她突然想吃“徐记”的糖炒栗子了。那种天气，那种时候，总让人想吃那种东西。吃东西也是有讲究的，和读书一样，都讲究情景相融。比如《红楼梦》里吃螃蟹，要在秋天，在桂花树下，吃起来，就风雅。如果他们坐在桂花树下啃猪蹄，就不对了。曹雪芹不会这么写。曹雪芹是个把吃吃喝喝之类的日常生活变成审美活动的男人。这个了不起了，很了不起。苏黎红之所以喜欢《红楼梦》，就是喜欢这个；她从《红楼梦》里学到的，也是这个。一个女人，至少要知道在合适的时候吃合适的东西。苏黎红说。所以，在大冬天的雨雪夜里，苏黎红就“很合适地”想吃糖炒栗子。不过，她也就那么说一句，“徐记”在城东呢，而他们学校在城西。可朱仲春果真去买了回来。也不知他怎么去的，那个时候公交车应该没有了，而朱仲春这个穷学生是不可能打的的。

诸如此类的事情朱仲春为苏黎红做了四年。没有任何名分的。

而她那些男朋友，一个个却尸位素餐。别说让他们从城西到城东买糖炒栗子了，就是让他们从客厅到厨房去洗串葡萄，也不可能。他们会不耐烦地问苏黎红，你为什么不自己洗呢？

那个外科医生，甚至反过来想使唤苏黎红——红，帮我到楼下买包烟好吗？

那样的男人，苏黎红怎么和他过一辈子？

动物都有本能的，一种生存本能。所以苏黎红选择老朱，在某种意义上，不是因为高尚的爱情，而是因为生存的本能——她知道自己没有朱仲春是活不下去的。

我后来这么诠释苏黎红的“伟大爱情”。

在米宝和朱鸿鹄结婚的头一年，米宝对苏黎红还是可以的。

别看米宝长得粗糙，心思却是极玲珑的，知道擒贼先擒王的道理。

何况笼络苏黎红也不难的，至少对米宝这样的人而言不难，不就是放下身段照顾人吗？她是习惯了的，她在医院当护士呢，这是专业，不伤自尊的。她几乎抱着照顾病患的心理悉心地照顾着苏黎红，洗头梳头，剪手指甲、脚指甲，那些马丽和顾菡萏做不了的事情，她做起来得心应手。

她还会时不时地谄媚几句苏黎红，说苏黎红看上去真是年轻，虽然年纪和她妈差不多，可看上去比她妈年轻多了！说苏黎红气质好，穿的衣裳虽然素净，却有一种荣华富贵的气象。不像她妈，总穿得红红绿绿的，那些鲜艳的颜色，没有把老太太穿年轻，倒是穿老了。苏黎红矜持地听着——听不厌。

这些话，苏黎红之后都会对我很细致地转述。这是苏黎红的习惯，苏黎红对赞美，是近乎耽溺的。不论谁，也不论夸得是否符合事实，她一概当它们是补药服。我觉得好笑，也是那么大年纪的人了，竟然听不出高低远近来。米宝的话，明显是内外有别。她把婆婆苏黎红当别人呢，就如人们喜欢夸邻居家的孩子。这孩子真俊！这孩子真聪明！这是礼数，一种不花钱的礼，是小市民的处世之道。但对自家人的赞美，人们就谨慎和吝啬了。这也是礼数，也是迷信。怕说好了会遭天妒。夫人明明长得闭月羞花，却要称“拙荆”；儿子明明长得气宇轩昂，却要称“犬子”。中国人的文化是这样的，讲究收敛，讲究韬光养晦。米宝赞美苏黎红贬低自己的妈，是这个意思。苏黎红竟然不懂，还在那儿沾沾自喜，还以为米宝胳膊肘朝她拐。真是一个单纯好哄骗的老妇人。

米宝还会挽了苏黎红的胳膊去散步——在朱鸿鹄和米宝结婚后，苏黎红还是“偶尔”会去他们家的，这已是苏黎红的习惯。只是这一回陪她在阳台上聊天的不是朱鸿鹄，而是米宝；陪她去小区那两边开了凤尾兰铃铛似的白色花朵的迤逦小路散步的也不是朱鸿鹄，也是米宝。妈，我们去吧，鸿鹄有点儿事，米宝说——朱鸿鹄现在总是有事，苏黎红都不怎么能见着他了。

好在有米宝，米宝现在是我的小棉袄了。苏黎红说。她又在含沙射影了。

我不会拈酸吃醋的。反正我做不了苏黎红的小棉袄，这一点，我们娘儿俩都心照不宣。苏黎红从来没指望过我，用不着，她有朱鸿鹄呢，现在又有米宝了。比自己女儿还亲的米宝。这也好。我希望她和米宝好呢。一直好下去。

只可惜，这“一直”也就维持了一年，一年后，米宝怀上了朱鲤。她就是那个时候开始出相的，苏黎红说。

先是不给苏黎红洗头梳头了。朱鸿鹄说，米宝身子重了，不方便。

鸿鹄，你帮妈洗吧。米宝对朱鸿鹄说。

朱鸿鹄看看苏黎红，又看看老朱。

老朱说，还是我来吧。

可苏黎红不想让老朱来——她的头，已经被米宝那观音手里的拂子娇惯坏了。

米宝也不进厨房了。她不能闻油烟，朱鸿鹄说。之前她和朱鸿鹄一到这边来，就立刻系了围裙下厨房的。“三日入厨下，洗手作羹汤。未谙姑食性，先遣小姑尝。”如果我在家，米宝真像诗里的新媳妇那样让我先尝的。怎么样？她十分小心地问。她的菜比老朱的清淡，论口味，当然不及老朱的。人年纪大了，吃清淡些，对身体好。米宝看我不说话，解释说。我有些惭愧，这方面我真是不如米宝周全的。我想起《红楼梦》里的薛宝钗，为了讨贾母的欢心，故意点甜烂的吃食。米宝也是薛宝钗那种女人。那种女人虽世故，但世故也有世故的好处，至少适合做儿媳妇。米宝和苏黎红，两人正好都是把各自的角色发挥到极致的女人。苏黎红天生是做婆婆的料，而米宝天生是做儿媳的料。她们两个人在一起，简直有“琴瑟和鸣”之意呢。我甚至觉得朱鸿鹄之所以和马丽离婚，之所以和顾菡萏离婚，其意义就在于此——是为了成全苏黎红和米宝这一对婆媳的缘分呢。

朱鸿鹄到底是孝子。

这也好。

在校园里有时我会碰到原来的室友——那位哲学系女老师，她现在和她妈一起住。你不知道和老人一起住有多可怕。她总想跟着你，亦步亦趋，三岁小孩子似的。你到阳台她跟到阳台，你到书房她跟到书房，甚至你到卫生间，她也跟过去，站在卫生间门外和你说话。这不把人逼疯吗？我完全没有自己的生活了。她怨妇似的发着牢骚。

我想起《钢琴教师》里女主人公艾丽卡和她的母亲，有些不寒而栗。艾丽卡的母亲也是这样如影随形这样密不透风地爱艾丽卡的——四十岁的艾丽卡，还在和她母亲同床共枕呢。想一想，这种母爱也实在瘆人。

世上的事情，看来都有两面性。被爱有被爱的好，不被爱呢，竟然也有不被爱的好。

至少我上卫生间的时候，不用担心苏黎红会站在卫生间门外和我说话——她要站，也应该是站在米宝的卫生间门外吧？她不是和米宝“琴瑟和鸣”吗。

可米宝不和苏黎红“和鸣”了。

打怀上朱鲤之后，米宝什么也不做了。不能陪苏黎红坐在阳台聊天了——还没说上两句话呢，她就打哈欠，一个连一个的。对不起，现在总犯困，米宝说。然后两手撑腰去卧室了。这也没关系，那就和朱鸿鹄聊呗，更好。可没几分钟呢，米宝就在那边叫唤了，让朱鸿鹄给她倒杯水，朱鸿鹄于是起身去给米宝倒水，可倒了水之后，朱鸿鹄就再也没出房间了，剩下苏黎红一个人，百无聊赖地坐在阳台看风景。米宝也不能陪苏黎红去小区那条迤逦的小路散步了，因为闻不了凤尾兰那绿白色铃铛花朵的气味。一股臭味。米宝说。苏黎红不明白，凤尾兰花是百合科呢，明明是清香，怎么可能臭呢？苏黎红背后问朱鸿鹄，有告状的意思。原来对马丽和顾菡萏，苏黎红也是这样的，只要受一丁点儿委屈，她都要告诉朱鸿鹄的。朱鸿鹄每回都偏向她。可朱鸿鹄这一回说，气味这东西，因人而异，你闻着香，她闻着臭，不是自然而然的事？再说，她现在不是怀孕了吗。这是明显的，在帮米宝说话了。苏黎红真是不习惯朱鸿鹄这样子对她的。朱鸿鹄打小，都是她这边的。

她有点儿想不通。不是马丽，也不是顾菡萏，而是米宝，又老又丑的米宝——当初答应他们的婚事，苏黎红暗暗也有另一层自私心理的，以为像米宝这样的女人没有危险，或者说没有战斗力。小区的老妇们经常谈论如何在儿子面前和儿媳争宠的。这是年老的女人和年轻女人之间的永恒战争。苏黎红担心过马丽，也担心过顾菡萏，但从来没有担心过米宝——怎么可能呢？

她真是小看米宝了。

她于是不去朱鸿鹄家了。

可这么多年来，她是习惯了“偶尔”要去一趟朱鸿鹄家的，这乍一不去，她一时有些茫然失措。

去哪儿呢？一个老太太，尤其是像她这样落落寡合的老太太，能去的地方可不多。总不能老在家看书，眼睛吃不消。也不知道怎么回事，她现在看书时间只要略微长一些，眼睛就酸胀得受不了。

有时实在无聊，她也去小区花坛那儿坐一坐。可她坐那儿干什么呢？老妇们在兴高采烈地跳舞，老夫们在心无旁骛地下棋，还有几个既不跳舞也不下棋的老夫老妇，也忙得很，有的半闭了眼自得其乐地拉二胡，有的在用小匙挖苹果泥喂孙子。只有她，无所事事，只能逗一逗树枝上挂的鸟笼里的鸟，一只灰不溜秋的鸟，那只鸟是楼上老周家的，呆得很，怎么逗也没有反应，老是用一双暗绿色的眼珠子，一动不动地瞅着她。它能看见她吗？应该是能看见的，听说鸟的视力很好，在没有被笼养之前，鸟不是也要捕食吗？那为什么它没有反应呢？这么一只没意思的丑鸟，也不知道老周为什么要养它。苏黎红在花坛那儿也待不住，总是坐不了一小会儿，就又上楼了。

连郝伯伯她也没心情理了。有一天他隔着阳台“小苏小苏”地叫得殷勤，她莫名就烦了，假装没听见，进屋了。

她一直撑着不去朱鸿鹄那儿。这时候她还是相信朱鸿鹄的，以为朱鸿鹄过些日子会给她打电话的。不管怎么说，他们母子可从来没有这么疏远过。老朱原来还讥笑，说他们“一日不见如隔三秋”。这虽然有些夸张，但他们真是一对会相思的母子。可“无数个秋”已经过去了，朱鸿鹄也没有打电话过来——她的以退为进以守为攻的招数失败了。

最后，还是苏黎红憋不住，自己去了。

苏黎红就是那个时候开始频繁地给我打电话的。最初，她并没有说米宝什么，更没有说朱鸿鹄什么——苏黎红在我面前从来不说朱鸿鹄的不是的，这一方面，可能是因为在她眼里，朱鸿鹄本来就白璧无瑕；另一方面，就微妙了，怎么说呢，苏黎红在我这儿闭口不言朱鸿鹄的“瑕疵”，我猜还有“家丑不外扬”的意思，有“不足为外人道也”的意思。虽然从生物意义而言，我也不算外人。但人与人之间，奇妙得很，有时不仅仅是靠生物关系来决定亲疏远近的，还要依赖其他。而且，就算生物关系，我也不太确定我和朱鸿鹄，就和苏黎红的亲疏是一模一样的——有可能朱鸿鹄继承了苏黎红更多的基因，毕竟他们长得十分相像。谁都能看出这是一对嫡亲母子。就像我和老朱。基因在遗传上，有没有量的多少？如果有，那么是不是可以说，朱鸿鹄可能继承了更多的苏黎红的基因，而我继承了更多的老朱的基因。我不懂生物学，不知道这种说法是否成立。如果成立的话，那么，苏黎红和朱鸿鹄即使在生物意义上，也是更亲近的两个人。

我从小就习惯了和苏黎红之间这种略有些疏远的母女关系。小时候是她疏远我，后来呢，就是我疏远她。我这么做，最初是出于一种年少的自尊心，一种让自己情感免受伤害的本能。后来呢，就有一点儿成年女人的恶意。我会故意表现得和老朱更亲密。我感觉到了苏黎红的轻微失落。我也感觉到了苏黎红试图和我亲近的努力。有一次我们下楼，远远地看见陈阿姨走过来，苏黎红竟然挽起了我的胳膊。我有些尴尬，犹豫了几秒钟，还是借弯腰系鞋带的动作，挣脱了苏黎红。后来苏黎红就再也没有这样了。我猜她也有点儿不好意思。

所以，我以为苏黎红那段时间频繁的电话是另一种努力方式。本来，一周一次的问候电话是由老朱打给我的，或者是由我打给老朱。偶尔苏黎红接了，我就问，我爸呢？苏黎红就在那边大叫，朱仲春，朱仲春。然后老朱就跑了过来，我们开始热烈地聊天。其实也没有什么有意思的事情，无非是我工作如何如何，孟周工作又如何如何。或者他最近和郝伯伯又钓到了什么什么鱼，下棋又赢了谁谁谁，他养的哪种哪种花又开了，他又读了什么什么书，都是无聊的琐事。但老朱是那种对什么无聊的事都能兴致勃勃的人。

但后来一周一次甚至两次的电话变成苏黎红打了。我还是会问，我爸呢？苏黎红说，和你郝伯伯钓鱼去了。我奇怪，既然老朱钓鱼去了，她干吗要在这个时间打电话。苏黎红的电话内容和老朱的完全不一样。相比老朱的琐碎——老朱是连我家厨房里的蟑螂都要过问的人，怎么样？那些蟑螂还在吗？有没有迁徙走？上次他来，发现我家厨房有蟑螂出没。那种小小的浅褐色蟑螂，孟周说，那个叫日本姬蠊，爬得快，还会飞——苏黎红的电话就务虚多了——还悲观。燕子，小区桃树的叶子都快落完了，光秃秃的，丑死了。或者，人生没意思，人生怎么这么没意思呢？

我不喜欢悲观的人。尤其那些喜欢散布悲观论调的人。我认为他们不道德。悲观和瘟疫一样，是有传染性的，特别对一些精神软弱者。所以，一个道德的悲观主义者，就应该节制自己，不要动不动就说“人生没意思”的话。谁不知道人生没意思呢？小学生都知道呢。我女儿孟小白在小学一年级时就在周记里写过这种话：“我养的金鱼死了，有一天我也会死，人生没意思。”——把我和孟周吓得不轻。我喜欢老朱的生机勃勃，凡高的向日葵一样，又饱满又热烈。什么时候和他在一起，心情都能明亮起来。“燕子，燕子”，每次他叫我，声音里都有一种十分昂扬的快乐。而苏黎红叫“燕子”的声调，却是往下走的，有气无力，弱不禁风，让人无端地郁闷起来。

人生没意思，人生怎么那么没意思呢。

这时候我基本是不说话的，或者嗤之以鼻。我不知道电话那头的苏黎红是否能听见我“嗤”的声音，反正孟周听见了。孟周不高兴。孟周说，朱小燕，你不应该这样，这是不对的。

或许吧。或许我不对。但我就是想这样对苏黎红。

米宝的嬗变，后来还是老朱告诉我的。

这是米宝的本事，能翻手为云覆手为雨，对你好时，可以好得理直气壮自然而然；对你不好时，可以不好得理直气壮自然而然。

而且，有了朱鲤作转折，米宝的风格无论如何变，也合情合理。

苏黎红这一回是哑巴吃黄连了。

她终于遇到高手了。之前马丽和顾菡萏，都太嫩了，没有米宝老辣。苏黎红喜欢“偶尔”去朱鸿鹄那儿，这“偶尔”，把马丽吓跑了，把顾菡萏也吓跑了，但没把米宝吓跑，米宝不但不跑，还把她妈也接来了，住在南面一间能看得见风景的房间里。房间窗户外，有个小花园，还有个小水池，水池里种了紫红色的睡莲，美得很。

自从生了朱鲤后，他们就换了一套大房子，看房时也请了苏黎红和老朱去的。苏黎红当时就爱上了这间房。米宝说：“这间房视野好，又朝阳，老人住很好的。”

苏黎红自作多情地以为米宝说的“老人”是指她和

老朱呢。

这也是米宝要的花招。

米宝那时有算计。

这房子，好是好，可是要贷款四十万呢，房贷的利息好高哇！你们看看鸿鹄，都瘦了。米宝不胜爱怜地说。

朱鸿鹄是瘦了，原来珠圆玉润的朱鸿鹄，也已经有了中年人的憔悴。生意愈来愈难做了，那个最初看上他茶壶的日本商人死了，他儿子接管了他的生意。儿子原来和父亲一起来过中国的，他更喜欢马丽做的东西。他接管生意后就开始订马丽作坊的东西了。马丽和朱鸿鹄离婚后也开了一家作坊，和她后夫——那后夫，老朱也远远见过，轩昂得很。和马丽并排站一起，珠联璧合般。

每回看了，老朱回家后都要郁郁寡欢半天，那半天里他是不怎么搭理苏黎红的。三个儿媳里，老朱最喜欢的，还是马丽，顾菡萏次之，米宝呢，次次之。

但次次之的米宝，有了朱鲤。这就柳暗花明了。女以子重，中国自古至今都这样的。所以当米宝很“含蓄”地说“房贷的利息好高哇”，老朱和苏黎红就不能不懂，两人回来一商量，咬咬牙，把存折交给朱鸿鹄了。

二十万。倾其所有。

这事他们没有告诉我。

我是后来知道的。在米宝的妈已经住进了那间“老人住很好的”房间之后，苏黎红被气得花容失色，有一回口不择言地说：“她凭什么住那间房啊，凭什么？那是我们花钱买的。”

是“我们”，也就是说，老朱也在其中。

怎么回事？

我本来应该这么问一句的——但我不问，不问苏黎红，更不问老朱。

这是他们之间的事情，于我一个外人何干。要在以前，我是孟朱氏了，姓孟，不姓朱，他们朱家的财产和我有什么关系？我这么对孟周说。

孟周听了，高兴，大喊一声，孟朱氏，斟酒。

那之后就春节了。本来每年春节我们都是回去过的，一年回孟家，一年回朱家。这一年又轮着回朱家了。老朱早早地就打来了电话，说他腊好了香肠，腊好了豚鸭，腊好了猪蹄。还有，家里的黄芙蓉也开了，开了好几朵呢，好看得很。

燕子，早点回来，家里暖和。我和你妈今年买了油汀，2000瓦呢，一打开，暖洋洋的，春天一样。

我怕冷，老朱知道的。

不是寒假了吗？学校都没人了，还在那儿做什么？我听到电话那头苏黎红说。

下学期开了门新课呢，要备课。我这么对老朱说。

回来备不行吗？

还是这边安静。

那你们，什么时候回呀？

不知道——到时再说吧。

但“到时”我也没回去，那年春节我和孟周、孟小白是在海南三亚玳瑁岛过的，孟周有个师弟，在那儿有套小公寓，一直邀请我们去那儿度假。去之前，孟周很小心地问我，真去呀？老朱腊的香肠和猪蹄怎么办呢？

怎么办？我管它怎么办，给米宝吃呗，给朱鸿鹄吃呗，给朱鲤吃呗。

后来我知道，那一年的春节是老朱和苏黎红两个人过的。因为朱鸿鹄和米宝的新房，第一年要温居。朱鸿鹄倒是过来请了他们的，但苏黎红不肯去，打米宝的妈住进那间房之后，苏黎红一次也没去过朱鸿鹄家。

老朱想去。他们两个老人在家过年，太冷清了。

但苏黎红说，冷清好，我就喜欢冷清。

对门郝伯伯家热闹得很，郝敏、郝俊都回来过年了。

估计苏黎红就是那个时候放弃“我跟朱鸿鹄过呗”这种想法的。

米宝的妈，看来是要在朱鸿鹄家一直住下去了。米宝虽没有明说，但那阵势，就是那意思了——老太太观音菩萨都带来了，放在她房间里的五斗橱上，前面供了香和水蜜桃。米宝的妈信佛。

还有她的一只大樟木箱，樟木箱是她的陪嫁呢，跟了老太太几十年的。

这是鸠占鹊巢了！

而且，这只鸠，身体还硬朗得很——至少比鹊硬朗，看上去，苏黎红应该是活不过米宝妈的。

那种贱的低等的物种，总是生命力更强的。

苏黎红这么对老朱说。老朱不同意。既不同意苏黎红所谓的“贱的物种”，老朱是庄子“齐物论”的信奉者，不认为世间万物有高低贵贱之分；也不同意“贱的物种生命力更强”这一说。

但老朱不驳斥苏黎红的观点。驳斥和被驳斥都需要心情和力量，那个春节的老朱，没有心情驳斥苏黎红，而且，他也不认为以苏黎红的精神状态，能够受得了被驳斥。

腊豚鸭和腊猪蹄后来老朱还是托郝敏带给了我们。那年腊月阳光很好，所以豚鸭和猪蹄都晒够了，油光锃亮，红彤彤的，用笼屉一蒸，好看得像搽了胭脂的美人一样，孟周吃得摇头晃脑，他这个人平日端谨，没劲得像《诗经》里的“大雅小雅”，可一旦美酒佳肴当前，“大雅小雅”就摇身一变，成“风”了，喝二两是“邶风卫风”，喝三两，就是“郑风陈风”了。

我喜欢孟周“风”的样子。有趣。

要不要，请他们过来住些日子？

孟周是知道我春节为什么不回去的，也知道我因为没回去难过得很。

我为什么难过呢？明明是我自己不回去的。孟周在临订飞机票前，还紧着问我，真去？我十分坚定地说，真去，为什么不去？没有我，他们不是一样阖家团圆？

这是我的方式。我在任何的关系里不纠缠的。不被爱，是羞耻，这是苏黎红教会我的人生第一课。我在这样的羞耻中长大成人，学会了一种被动的主动，一种消极的积极。我就是这样在世上安身立命的。只有这样，我才能洒脱地“江山笑，烟雨遥”。

但这一回，我都“烟雨遥”到了天涯海角，也没办法“江山笑”了。

想到老朱说的，“家里的黄芙蓉也开了，开了好几朵呢”“燕子，早点回来，家里暖和”，我就难过得要命。

往年春节我回去时，老朱就忙得不亦乐乎。燕子，你尝尝这炸丸子，咸了淡了？燕子，要不要添点儿木炭？燕子，楼下有卖冻米糖的，给你买点儿？

苏黎红不胜其烦，说，你还让不让燕子看书了？

那个时候，我一般坐在炭火边看书，苏黎红和孟周在客厅包饺子，孟周本来在厨房帮老朱打下手的，过年厨房里的活多，杀鸡宰鹅的，老朱一个人忙不过来。但苏黎红把孟周从厨房叫了出来，她要孟周帮她擀饺子皮。我只好去拔鸡毛，但老朱不让，说，这是男人的活。其实平时在我家，“这些男人的活”都是我干的，不说拔鸡毛，就是杀鸡这样血腥的事，也是我。孟周胆小，不敢杀，每次都躲得远远的，还美其名曰他这是“见其生，不忍见其死”，好像只有他是儒生，而我是个杀生不眨眼的女魔头。但一回到自己家，我也是荣花娇女，老朱一根灯芯的事也不让我做，老朱说：“可怜我燕子，在学校一年忙到头，回来还不要清闲几日？”

世界上，怕只有老朱会说“我燕子”了！

孟周给老朱和苏黎红打电话，说，开春了，天气好，你们出来走走呗。

我和燕子想你们过来呢。

这是孟周的体恤——我什么时候说过想他们过来？我们还“苟且”在苏黎红说的“不是人住的地方”呢。三食堂还在边上，东风一吹，还是会传来潲水味；“恶邻”还在楼上，“恶邻”家的拖把，也还摇摇摆摆地晾在我家阳台的上方——好在我和孟周，在结婚多年之后，也不怎么在阳台看月亮了。

其实我们也一直想换房，也看了不少房，但高不成低不就，房子好的，我们买不起，但房子差的，我们又看不上——主要是孟周看不上，孟周这个人，这时候真是很可笑的，买个房子，弄得像以身相许般挑剔和谨慎。

有一套九十平方米的房子，我们去看了若干次。孟周嫌楼与楼的间距太密，鳞次栉比的，完全没有风景——小区中央就一个水池，水池中央有一个站着撒尿的水泥鬈发裸童，就算小区的风景了。“纯粹是滥竽充数。弄一个花台不好吗？种几棵大樟树不好吗？还开花呢，还驱蚊呢。”孟周说。孟周也不喜欢这个小区的名字——布鲁塞尔。“我就不明白，它为什么要叫布鲁塞尔呢？叫沁园春不好吗？叫醉花阴不好吗？明明是一个中国的楼，叫什么欧洲的名字，弄得像鲁迅笔下的假洋鬼子。”但这个没有办法了，这是时下风尚，我们这个城市的商业楼盘，差不多都有一个洋名，什么“枫丹白露”，什么“香榭丽舍”，什么“东方威尼斯”——那个“东方威尼斯”我们也去看过，其实就是一片水洼地。

但“布鲁塞尔”让我们心仪的是，它有地理上的绝对优势，它离地铁近，离我们常去的旧书街近，离我们学校近——就算是用极优雅的方步，走到我们学校，也就半小时。

不过，真正让我们心仪的，是另一套房子。它是叠墅，有一个孟周很喜欢的名字——“闲情偶寄”，还有孟周喜欢的风景，远处有山，近处有树，不是梧桐，也不是杨柳，而是板栗树。现在你在哪儿还能看到板栗树？孟周问我，好像他是卖房的。我们看中的那一套有露台，一个十几平方米的大露台，可以并排放下好几张藤椅，可以坐着看月亮，可以躺着看月亮，想怎么看就怎么看，再也不用担心有楼上人家的拖把碍眼了；它还有院子，一个十几平方米的院子，可以种花草，可以种蔬菜，南瓜丝瓜韭菜种上一大畦；还可以挖一个池子，种上莲，然后在莲下面养几条鱼，养金鱼也可以，养青鱼鲫鱼白鱼也可以。到时老朱都不用走远，坐在院子里钓鱼就可以了。

老朱为什么坐我们家院子里钓鱼？

不要老朱钓？

不要。

那我们钓好了。我们一边钓鱼，一边看莲花。“鱼戏莲叶间，鱼戏莲叶东，鱼戏莲叶西，鱼戏莲叶南，鱼戏莲叶北”，美不美？美不美？

孟周无限憧憬地问我。

美！我应声答道。

这算不算“诗意地栖居”？

算！

牡丹花一样漂亮的售楼小姐被我们这一对宝货逗得

哧哧地笑。她以为我们这一回终于下定决心要签约了呢。

但我们每次都犹豫不决，它太偏僻了，从“闲情偶寄”坐公交车到我们学校，要两小时；从我们学校到“闲情偶寄”，又要两小时。

还不算上等车的时间，320路车每半小时才有一趟呢。

如果我和孟周早上有课，那就要鸡鸣即起。

“女曰鸡鸣，士曰昧旦。子兴视夜，明星有烂。”

真是“诗意盎然”地栖居！

我取笑孟周。

孟周就蔫了，只得恋恋不舍地对牡丹花般的售楼小姐说，我们再考虑考虑。

我们于是回来“考虑考虑”。

但我自己，其实也舍不下那露台和院子。“布鲁塞尔”的房子，和它比起来，像鸟笼。“实在不是人住的。”

我没想到，苏黎红这一回，又这么说了。

他们过来的第二天，孟周就忍不住带他们去看房子了，先看“布鲁塞尔”，后看“闲情偶寄”。

老朱有意思得很。看“布鲁塞尔”时，说“挺好，挺好”，看“闲情偶寄”时又说“挺好，挺好”。也不知这“挺好”和那“挺好”有什么区别。

但苏黎红就不客气了。她一看“布鲁塞尔”，就说，“这实在不是人住的。”

房间小不说，还只有两间。两间房，怎么够用？

怎么不够用？我和孟周住一间，孟小白住一间。客厅呢，就当书房和客房了。

那我和你爸，住哪儿？

什么意思？她和老朱住哪儿？住他们自己家呀。

阳台还那么小，那么高。12楼呢，站在上面都晕，更别说做瑜伽了。

我不做瑜伽。

我做呀。

你做瑜伽在你家阳台，和我家阳台有什么关系？

连孟周都听出来了，“你妈是不是想住我们家呀？”

凭什么？

就凭她生了你呀。

那我外婆还生了她呢！

外婆临死都在两个舅舅家。这个前新华书店的会计在前工程师外公的呵护下，大半生过着优裕的生活，但晚景十分凄凉。舅妈们不好，尤其是二舅妈，因为二舅没出息，性格又懦弱，所以她对二舅和外婆说话，从来都是疾言厉色的，就是当了苏黎红的面，她也没什么好声气。“这个悍妇”，苏黎红一出门就骂。我们每次回去，外婆都拿着老朱的手，不肯放，“人老了，就要死呀。”外婆泪眼婆娑地对老朱说。外婆喜欢老朱。老朱后来说过几次要接外婆来我们家住的，“她指望呢”，老朱说，但苏黎红才不管外婆“指望不指望”，家里房子太小，住不下；而且，也不能便宜了那悍妇，“她有义务的”——所谓有义务，就是外公单位的房子是二舅家住着。二舅和大舅在外公去世后是议好了的，房子归二舅，外婆也归二舅。

那年外婆六十九岁，外婆是八十二岁死的，其间十三年，都战战兢兢地生活在二舅妈的疾言厉色中。

最后几年，外婆的双手经常颤抖，筷子都拿不住，医生说可能是帕金森综合征。

外婆死时，她换下来的黑裤子都看不出是黑的了，上面积满了黄不黄白不白的东西，那是一层结了壳的屎尿。

老太太一生清洁，以前衣兜里常年都放一条洒了花露水的绣花手绢的。

人生没意思。苏黎红从外婆家回来，眼睛红红地说。

但也就是这么说说而已。

我打定主意要买“布鲁塞尔”了。

不为别的，就因为苏黎红想我们买“闲情偶寄”。

她背着我怂恿孟周好几次了。因为孟周的温存，她好笑地以为孟周什么都会听她的。她甚至有时为了自夸，会很不得体地在孟周面前说我的坏话——“燕子呀，就是没情趣。”“燕子呀，就是没有审美眼光。”“燕子呀，就是没什么女人味。”这些我都知道，孟周会告诉我，不是有意说的，而是在和我斗嘴时作为论据引用的，“你妈都说你没情趣。”“你妈都说你审美眼光不行。”“你妈都说你没女人味。”

苏黎红这么贬我，也不怕因此破坏了我和孟周的婚姻关系。到时她和孟周的关系再好，有什么用？“皮之不存，毛将焉附？”

但凡有点儿情趣和审美眼光，都知道选“闲情偶寄”呢。

这一回，苏黎红又这么“婉而多讽”地对孟周说。

她从不和我说房子的事。

她这是怵你呢。

你那句“你做瑜伽在你家阳台，和我家阳台有什么关系？”说得太重了！

孟周责备我。

你没看见吗？你那句话一出口，连老朱的脸色都变了。

也是，老朱再疼我，他也还是苏黎红那边的。

燕子，哪天我先走了，你妈怎么办呢？

有一回，老朱试探地问我。

作为女儿，这时候我应该明志的，应该说，不是有我吗？

但我不想这么说。

你妈这个人的性子，你知道的，和谁也处不来。

怎么会呢？她不是和米宝处得不错吗？“琴瑟和鸣”呢。

我又忍不住讽刺了。就这个习惯而言，我和苏黎红真是一对母女。虽然苏黎红讽刺的美学水平比我高，她是“婉而多讽”，而我，讽起来时有些不管不顾，既不婉，也不多。

老朱这才说了米宝在生了朱鲤之后的种种嬗变。这些之前我都不知道。苏黎红那时在我面前还遮遮掩掩欲说还休呢。她是后来才开始在我面前无所顾忌地数落米宝的。

但我一点儿也不惊讶。我从来没有真正信任过米宝，那种过于卑躬屈膝的人，过于看别人眉高眼低的人，总让我不喜欢。不知为什么，我更信任那些高傲的人。比如马丽，比如菡萏，不是说多喜欢马丽和菡萏，我和那两个前弟媳，因为接触不多，其实也没有建立起多少感情。但感觉上，那两个人，和我是同类。而米宝，是另一个物种，一种我完全不熟悉的生物。

这一点，老朱和我倒是一致。老朱说，如果是马丽，如果是菡萏，还好些，她们毕竟受过高等教育，能知书达理。但米宝，你妈对付不来的。燕子。

鸿鹄这个人，又老实，他现在完全听米宝的了。

如果哪天我一撒手，留你妈孤零零在这世上，怎么办呢？

老朱比苏黎红大两岁，根据《人类发展报告》统计的数据来估算的话，老朱会比苏黎红早走七年，也就是说，如果他们在正常年龄的话，老朱走后，苏黎红还要“孤零零”地自己在世上再活七年。

听得出来，老朱希望，那七年，最好由我负责。

这有点儿过了。

老朱也知道。所以他开不了这个口，他只是反复问我，你妈怎么办呢？你妈怎么办呢？

我生气。就算是老朱，也不可以这样对我，他为什么不去问朱鸿鹄呢？比较起来，朱鸿鹄不是更应该回答这个问题吗？

朱鸿鹄听了，应该会说，别担心，有我呢。

就是米宝，或许也会这么说的。

反正是假设，空头人情，这么说上一句，有什么要紧？

但老朱就是不问他们。

没有用的。老朱想必也知道。就算他们说得花朵一般好，也没有用的。

老朱想我开口说，有我呢。

但我不说。

如果哪天我一撒手，留你妈孤零零在这世上，怎么办呢？怎么办呢？

我突然恼了。想那么远干吗？说不定那时候我先撒手了。

他不能这么要挟我！

孟周说，要不，我们还是买“闲情偶寄”吧，也就辛苦跑几年，几年后，等我们经济条件好一些，我们就买车，你不是喜欢那种迷你昆虫车吗？我们到时买一辆。

这是同意苏黎红以后和我们一起住了？

我不高兴，然而——又隐隐有那么一丝高兴。

这莫名其妙了，我为什么高兴呢？难不成我愿意和苏黎红一个屋檐下住上七年？

这简直是不能想象的，别说住一个屋檐下，我现在连苏黎红的电话都不想听呢。

每回接电话前，我都要先看来电显示的，一看是他们俩打来的，我就大叫“孟周”。

我受不了老朱的“你妈怎么办呢”，也受不了苏黎红的“人生没意思”。

苏黎红除了说“人生没意思”之外，就是说郝敏。

郝敏给你陈阿姨买的那件墨绿色莨绸裙子，真是好看。

是吗？

只是可惜了。

怎么可惜了?

绸缎衣裳是要宽穿的，你陈阿姨太壮，穿不出莨绸衣裳的味道。

那陈阿姨应该穿什么衣裳?穿麻袋?

苏黎红不说话了。她也听出了我话里的讽刺。

尽管之后我也有些内疚的，但当时就是忍不住想呛她。

内疚——讽刺——再内疚——再讽刺，我和苏黎红的电话，基本就这样循环反复，没完没了。

你爸昨天又一个人去钓鱼了。

怎么一个人呢?郝伯伯呢?

你郝伯伯和陈阿姨搬家了。

搬家了?搬哪儿去了?

搬到郝敏家去了，郝敏买了大房子，把他们接过去养老了。

可惜——郝敏不是你女儿。

我讨厌死了这样的循环反复，恨不得把家里的电话停了，但孟周不让，孟周隔几天就要用座机给他父母打电话请安的，他父亲习惯了我家的座机号码——您和妈身体还好吗？挺好，挺好！你们呢？工作忙，要多注意身体。

每回都是这些话。也不嫌烦。

我笑过他——你何不穿上长袍马褂，然后晨昏定省？

孟朱氏，晨昏定省你也有份的。

笑归笑，我其实特别羡慕孟周家父母和儿女相处的方式。虽然传统老式，但有一种单纯的伦常。父母是父母，儿女是儿女。不像我们朱家，父母和儿女，界限不清楚——至少苏黎红，是更像儿女而不是父母的。

孟周喜欢听我这么说。只要是他家的好话，他不分青红皂白全爱听。他这个人，要说有什么毛病的话，就是特别护着他家，我不能说一点儿他家的不是，哪怕不带恶意地说。有一次，我不过随口说了句“你姐真丰腴呀！”他对我冷若冰霜了一整天。“丰腴是贬义词吗？”后来我问他，他凛然说，朱小燕，你少和我玩语言的花招。还有一次，我和他一起翻看他家旧相簿时，说了一句他父亲长得有点儿像胡兰成。我本意是阿谀呢，胡兰成这个男人的人品，姑且不论，只论长相，那应该还是风流倜傥的。没想到，这也冒犯了他。他一连几天对我都是冷若冰霜的。

你不会做人子。孟周义正词严地批评我。

你为什么对你父母这样？就因为他们给了朱鸿鹄钱？

这不关钱的事。

那关什么呢？

关于爱，关于不爱，你懂不懂？

不懂。

我知道孟周不会懂这个的，被丰饶地爱过的孩子，是永远不会懂这个的。

夏虫不可以语于冰，就是这意思。

有些东西，最初的拥有，就是永远的拥有；最初的匮乏，就是永远的匮乏。

我恨的，也是这个。

我从小就被看作是个独立的孩子，被看作是骄傲的孩子，被看作是不好相处的孩子，其实呢，只有我自己知道，我是不知道如何与人亲密地相处。

我没有学会这个。一个人自呱呱坠地就应该学会的东西，我没有学会。一个人只有最初学会了和母亲相处，才能学会和世界相处。

明亮和鲜艳的生命，不是自生自长的，而是母亲给的。

就如大地和阳光，给予植物以茁壮，以丰盛，以枝繁叶茂。

而阴郁和冷漠的生命，也是母亲造成的，是母亲的原罪。

所以七十岁的杜拉斯，还在写《情人》，那与其说是一部男女情爱小说，不如说是一部母女恩怨小说——杜拉斯是用《情人》清算母亲的罪行呢。

但这些，我不会和孟周细说的。即使对丈夫，有些痛，可以细说；有些痛，不可以细说。

不被爱，是羞耻。

孟周不懂这个，所以他批评我，你不会做人子。

或许吧。可这不怪我。先有父母，才有儿女。

但孟周不同意我的逻辑。孟周说，父母和儿女，不讲礼尚往来的。它不是那种邻里之间“你送我一碗荠菜馄饨，我送你一碗糯米汤圆”的人情世故，不是那种男女之间“你侬我也侬”的投桃报李。父母和儿女，是无论如何你都要爱的关系。因为爱比不爱更容易。一个人爱自己的父母，那是溯游从之；而不爱自己的父母，那是溯洄从之——要用更大的力气。这世上还没有任何事情，能让一个人不爱自己的父母。朱小燕，你懂不懂？

不懂。

你说乔治为什么最后要杀死安妮？

生命有不能承受的东西。

比如？

比如衰老。有时候，衰老比死亡更可怕。

人应该体面和尊严地衰老，也应该体面和尊严地死亡。这是迈克尔在《爱》这部电影里想说的。

想起外婆那洒了花露水的绣花手绢，想起外婆死时裤子上那黄不黄白不白的东西。我不寒而栗，伤心欲绝。

有一天，我老成了安妮，你会不会像乔治那样，又温柔又残酷地爱我？

不会。

不会？

非不为也，而不能也。

也是，孟周确实是“而不能也”，他连杀条鱼都不能呢，还能用枕头捂死一个还在喘气的老太太？

但你可以做乔治，我做安妮。孟周一本正经地说。

我们最后还是买了“闲情偶寄”。

我们是在和“布鲁塞尔”签合同的当中放弃的，当时孟周已经龙飞凤舞地签下了他的大名，然后把笔递给我，但我在写完“朱小”两个字后，“燕”字却迟迟写不出来。我的脑子在那时一片空白。我自己也不知怎么回事，我到底怎么了呢？就算我萎靡时可以写不出“温庭筠”的“筠”，但也不至于萎靡到这种程度——竟然写不出自己的名字了。难道我就老成了安妮不成？

没别的，朱小燕，你压根儿不是真想买“布鲁塞尔”。孟周说。

苏黎红和老朱一接到孟周的电话，第二天就来省城了。是朱鸿鹄送过来的，米宝也跟来了。

他们还真急，我们房钥匙还没拿到呢。

米宝眉开眼笑地说，我来看看姐姐姐夫家的叠墅。——这女人比我还大两岁呢，每回“姐姐姐”地倒叫得顺溜——爸妈真是的，我说过两天才来的。这些天医院忙，我不好倒班，但爸妈几天都等不了，非要立刻来，坐火车来，看叠墅。他们也是这么大年纪的人，坐火车鸿鹄和我怎么放心？

天哪！这女人，真是另一个物种。

燕子，我记得你叠墅进门的玄关那儿有个台阶的，是不是？你爸非说没有。

是没有。不信你问燕子。

燕子，南面那间卧室，我记得有飘窗，是不是？你爸也非说没有。

是没有。不信你问燕子。

我懒得理他们。

燕子，我们前几天去郝敏家看你郝伯伯了，他们在院子里放了个好大的瓦缸，当花盆用，你郝伯伯说，不但能养花，钓回来的鱼，吃不了，也能养里面，又能看，又能吃，好得很。燕子，回头我们也买一个，放廊檐下？

不买。

就是，别听你爸的。廊檐下放什么大瓦缸，土不拉叽的。还是放藤椅吧，“千棵树”家具店里有一种印尼藤椅，暗红色，特别好。燕子，回头我们买一张，放廊檐下？

不买。

燕子——

燕子——

他们叽叽喳喳叫个不停，像两只饶舌的老喜鹊一样，吵死了。

2016年正月于马恩河谷公寓

左右流之

在周荇住进我们八号楼之前，苏小粤的房间是楼里年轻老师们经常聚集的地方。

八号楼是旧楼，在我们学校的西南边上，有着很老式的红砖黑瓦，宽阔的楼梯，斑驳且到处缝隙已经很大的木地板，楼前面还有好几棵栗子树，春天栗子树开花的时候，会有“温柔的粉香”——“温柔的粉香”是苏小粤引用茨威格对栗子花香的形容。苏小粤是外语系的老师，教法语的，但她的文学修养，比我这个中文系老师还高呢。当时我们坐在她房间的窗前，有风吹过，一阵栗子花香若有若无地传了进来——我说若有若无，是因为栗子花香我完全闻不到，就算后来在苏小粤的一再启发下，我似乎也闻到了一点点什么气味，那也不过就是植物特有的草木腥味，谈不上什么“粉香”，还“温柔的粉香”，好像花香也和女人一样，还有“温柔”和“不温柔”之分。这是我的问题，我在所有风花雪月的事情上面，感觉总有些迟钝的。对我来说，花朵里只有栀子花和桂花的气味我能辨认出来，其他都差不多。而苏小粤正相反，她鼻子灵得很，空气里飘过什么花香她都能区分出来，“这是桃花香”“这是李花香”“这是樱花香”，我真是佩服得五体投地，桃花、李花、樱花的气味到底有什么区别呢？不都是一股子草木味吗？但苏小粤就是能十分细腻地将它们区分开来。你应该学植物学，我不无惋惜地对苏小粤说。你不应该学文学，苏小粤亦不无惋惜地对我说。

在苏小粤的惋惜里，有批评的意思，我知道。当她说栗子花是“温柔的粉香”时是看着我的，当时房间里有五六个人呢，但她只看着我说这个。什么意思呢？我不明白，当然其他人也不明白。后来她自己解释说，“温柔的粉香”是茨威格的形容，茨威格在小说里就是这么写栗子花的。她之前也不知道栗子花呢，但茨威格把栗子花写得那么美，所以她在读了那个小说之后，特意寻找了好长时间的栗子花，也没找到。如今中国城市里种的花朵一般也就是桃花、樱花、玉兰什么的，栗子树真是很少见了。她差点儿就上奥地利的维也纳去了，去那儿感受一下茨威格小说里写到的栗子花的“温柔的粉香”。苏小粤是有这个探本穷源的习惯的，或者说有用实践检验理论的习惯。当她在《追忆似水年华》里读到普鲁斯特将玛德莱娜小饼干泡在椴树花茶里的那美妙感觉时，她就在某个暑假上巴黎去吃那种小饼干了——可惜没有喝到椴树花茶，没有椴树花茶的玛德莱娜小饼干就不是普鲁斯特的玛德莱娜小饼干，苏小粤这么对我说。每回她只要说到和文学相关的话题时，她就看着我，指望我这个文学专业的能和她会心一笑，最好也能就这个话题展开一番议论，但我总是让她失望，我自己也颇不好意思。

茨威格的小说我其实是读过的，但我读书总是囫囵吞枣，最多记得个大概，那个男人怎么怎么样，那个女人怎么怎么样，假如苏小粤谈的是这个，我也是能插上几句嘴的，但苏小粤谈栗子花，我就一点儿办法也没有了。而且，说老实话，我也不喜欢栗子花，毛毛虫一样，丝毫没有花瓣团团簇簇的样子，也没有花的姹紫嫣红的颜色，它白里带绿，绿里带青，垂下来的样子，就像一条条桑毛虫。但苏小粤赞不绝口，说这种花美得不落俗套，美得不落言筌。于是大家也就跟着说栗子花如何如何美了，也跟着夸栗子花如何如何有“温柔的粉香”了，没办法，人云亦云也是一种学院礼节，何况苏小粤在花的审美上绝对是权威，这个是我不得不承认的。

周二晚上我们一般都在苏小粤的房间扎堆。这“我们”，大都是八号楼里的单身男老师，偶尔也有不是单身的男老师参加，比如历史系的李孟起。他结婚了，而且还有了九个月大的儿子，但他喜欢跑到我们这些单身老师房间来凑热闹，以此“缅怀从前的自由时光”。可他的“缅怀”从来不会超过半小时，有时“缅怀”才开始几分钟，走廊上就会传来他老婆尖声尖气的声音，“李孟起，李孟起”，他老婆知道他在苏小粤的房间呢，但她从来不走近，就远远地站在走廊另一头叫。

李孟起的老婆不喜欢苏小粤。

为什么呢？我从来没有得罪过她。苏小粤颦了眉问我。

我觉得她是明知故问。“众女嫉余之蛾眉兮，谣诼谓余以善淫。”——你苏小粤长得这么蛾眉，别的女人能不嫉你谣诼你？

可这不是冤枉我吗？我这么月白风清，哪有淫？

这倒是。我们这群人那时候聚集在苏小粤的房间，整个就是一部《谈艺录》呢，我们谈文学，谈音乐，谈绘画，谈电影，可以说，七大艺术像走马灯，被我们轮流谈来谈去谈了个遍。当然，在苏小粤的提议下，每次都会有个主题的，比如某个夜晚我们应该谈亨利·詹姆斯的《金碗》，某个夜晚我们应该谈杨德昌的《一一》，某个夜晚我们应该谈印象派的莫奈或野兽派的马蒂斯。

一般是这一周就定好了下一周的，下一周又定好了下下周的。这是必需的，我们这群人里，有好几个是理工男，如果不事先布置好，那是没法谈的，也没法听，他们怎么可能知道亨利·詹姆斯？怎么可能知道莫奈和马蒂斯？连是谁都不知道，还谈什么谈？听什么听？

但事先布置了就不一样，他们可以提前做功课，理工男都认真，都思维缜密，一旦有所准备，倒也能谈个或听个八九不离十——甚至偶尔还会有“他山之石可以攻玉”的别开生面的艺术见解。

我不知道这些理工男老师为什么如此热衷来苏小粤的房间谈艺术听艺术，或许是醉翁之意不在酒，毕竟苏小粤是我们八号楼长得最好看的女老师，又小姑所居，独处无郎，所以他们过来谈谈或听听艺术，说不定就在这谈和听的过程中，成为苏小粤的“郎”了呢。虽然有些男老师论条件，要做苏小粤的“郎”尚有距离，但男女的事谁说得定。尤其是苏小粤这种喜欢谈文艺的女老师，会不会有可能不在意那所谓的世俗距离？——他们或许是怀了这隐秘想法来的。

当然，他们也可能是另外的情况，像我一样，之所以喜欢往苏小粤的房间跑，不是要打苏小粤的主意，而是因为无聊。虽然谈艺术听艺术也无聊得很，但比起一个人的无聊，还是大家在一起的无聊更好打发些。

而且在苏小粤的房间里，我们能在不是学习的时间里学习到一些东西，这让我们窃喜。我们这些人，多少都是有学习癖的人，喜欢在任何事情上学习新的知识，就如家庭妇女什么时候都喜欢占小便宜一样。而苏小粤这儿，最不缺的就是知识，特别是文艺知识，这方面她是有家产继承的——她父亲是我们城市晚报的前文学编辑，母亲是我们城市晚报的前美术编辑。作为一个文学家和美术家的后裔，苏小粤自然继承了不少非物质文化遗产，所以她一谈起文艺问题，都是如数家珍的。比如她谈莫奈，就和我们谈的不一样，我们只敢浮光掠影浅尝辄止地谈几句莫奈的《睡莲》，而苏小粤就要谈莫奈的池塘，就要谈莫奈池塘上的那个日本桥，就要谈莫奈的《草地上的午餐》。那个坐在中间的女人叫卡米尔，是莫奈的女人，苏小粤说。这时候我们除了膜拜还能做什么？虽然我是怀着有些复杂的心情膜拜的，毕竟让一个女人拜倒在另一个女人的石榴裙下，不符合物理学上“同性相斥”的原理。即便我是一个相当大度的同性，相当大度到什么程度呢？按我以前同门师弟的比喻，是“委委佗佗，如山如河”。但他们不知道，在我“委委佗佗”的精神和身体最深最深处，也是杨柳一样纤细的女性，和苏小粤还是“相斥 ”的关系，只不过我“斥”的方式和程度与李孟起老婆不一样而已。

但不管如何，我们都觉得在苏小粤房间度过的时光是有意义的时光。我们喜欢在人前人后有意无意地提到我们周二晚上的这种聚会。我们在路边看到某种花草，也会这么说：“这是不是我们在苏小粤房间争论不休的植物?”我们打了个哈欠，也会这么说：“困死了，昨天晚上在苏小粤房间谈某某某的小说谈到半夜呢。”那个某某某，都是莫奈和马蒂斯之类的遥远的人物，但我们提起他们时偏偏用很随便的语气，仿佛在说我们身边的某个同事，在说我们的日常生活。是的，那时我们就是用谈日常生活的方式谈艺术的，好像艺术就是我们的日常生活。这让我们感觉不错，有一种很小众很精英的虚荣。

这也是苏小粤乐此不疲地在自己房间组织这种聚会的初衷。她暗示过我们的，她希望我们这个小团体，是“布鲁姆斯伯里”那样的文艺团体，而且是有魏晋风度的东方的“布鲁姆斯伯里”——所谓有魏晋风度的东方的“布鲁姆斯伯里”，也就是我们只清谈文艺，不谈其他，更不做其他。

所以，那时在苏小粤的房间，我们虽然一大群男男女女“厮混”在一起——“厮混”是李孟起老婆骂李孟起时用的词语，“你一个结了婚的男人，总和她们厮混在一起干什么？”她尖声尖气的声音，像绣花针一样把我们这些大龄单身女人戳得生疼，但我们自己知道，我们这群男男女女，那时真是很清白的，和“淫”完全不沾边。

所以苏小粤说“我这么月白风清，哪有淫？”倒是一句大实话。

但这是在周荇住进八号楼之前。

是从什么时候开始的呢？那些单身男老师们一个个像候鸟一样，纷纷从苏小粤的房间迁徙到周荇的房间。

最先过去的，是化学系的何茂盛。

何茂盛是我们八号楼的元老，可能比李孟起还老——说可能，是因为我们谁也不知道何茂盛的年龄，他自己对此也讳莫如深。他虽然还没结婚，头发却已经是花白的——在大多数时间里花白，上半截白下半截黑灰，像楼道里哲学系孟老师家的杂种猫，有一种潦倒落魄之气。那时候的何茂盛远远看上去，就像个老头儿了，但在某一天，又会突然变年轻了，鸦鬓粉腮地坐在苏小粤的书架后面。那是他的固定位置。

他能不能用好一点儿的染发膏？苏小粤颦了眉问我。

我也看不惯何茂盛染过后的头发，有一种过犹不及的感觉，太黑了，没有一点儿光泽，是鞋油刷在皮鞋上还没有抛光前的效果。

苏小粤是有点儿嫌弃何茂盛的，一种看不太出来的有修养的嫌弃。我还以为何茂盛不知道呢，因为他几乎从不缺席苏小粤房间的周二聚会的，虽然不怎么开腔，多数时候都安静地坐在书架后的阴影里，却总是来得早，走得晚。

没想到，他也是知道的，不然，他不会第一个迁徙到周荇那儿。

他在追求周荇吗？

这也是惯例了。每回八号楼有新的单身女老师住进来，何茂盛总是要试着追求一段时间的。他干劲十足地帮新来的女老师搬东搬西，带新来的女老师去学校各个行政衙门办手续，去附近的农贸市场和超市买房间里的日用品，俨然一副要捷足先登的姿态。楼里其他男老师这时候会十分礼让，差不多以一种孔融让梨般的礼仪，不争不抢，只远远地看着何茂盛顶着一头黑漆漆的头发在那儿满头大汗枯木逢春般地忙着，谁叫何茂盛是我们楼里资格最老的单身汉呢？男老师这么说，好像多懂先来后到的规矩似的，其实不然，他们不怀好意地等着看何茂盛的笑话呢。就像冰雪天趴在主教楼前的栏杆上等着看人摔跤一样，因为他们知道过不了多久，只要新来的女老师不那么新了，大概知道了何茂盛在八号楼的处境，就要开始躲何茂盛的。女人大都敏感机智，所以这时间不会长，一两个月就够了。

之后新来的女老师就会用上了当的表情，明志似的，远离着何茂盛。心肠软一些的，还会藕断丝连地敷衍他一小段时间；而心狠的，就当机立断了。走廊上碰见，何茂盛刚要张嘴招呼，人家已经面无表情地走过去了，把何茂盛晾在那儿，好半天回不过神。

每回差不多都这样。

但何茂盛却不会吃一堑长一智。

西绪弗斯一样重复着这种无果之劳动。

周荇需要多长时间呢？

大家心照不宣地等着，等着何茂盛灰溜溜地回来，讪讪地坐回到书架后面的角落里。

可一个月过去了，两个月过去了，三个月过去了，何茂盛非但没回来，干脆还在周荇的房间里做上窠了。

难不成何茂盛这一回真的追求成功了？西绪弗斯终于把石块推上了山？

男老师们面面相觑。

这也不是不可能。

周荇长得不怎么样，塌鼻子，细眼，疏淡的眉毛，一口参差不齐的牙齿。后来我们知道她的牙齿为什么会这样了，按苏小粤的理论，是因为饕餮过度。什么东西用多了，自然坏得快，苏小粤说，而且，牙不好的人，一般道德也有问题。这话怎么说呢？牙齿和道德，压根儿风马牛不相及。但苏小粤的论证，却让牙齿和道德相及了。苏小粤说，纵欲者往往意志不坚强，一个人，既然能放纵口腹之欲，也就能放纵其他感官之欲。所以，牙不好的人，道德也不好；反之，牙好的人，道德也好——苏小粤自己，是有一口好牙的，是“齿如瓠犀”的美人。

这理论虽然有点儿怪诞，但听起来，也不是没有一点儿逻辑。

而且，周荇的学历也不怎么样，某所二流大学档案专业毕业的研究生，分到我们学校的档案馆工作。

也就皮肤好，粉红细白的，略微弥补了一些她长相和出处的不足。

你们觉不觉得，她身上有一种家庭妇女的气质？苏小粤说。

这话有些不厚道，但周荇身上，确实散发出一种和我们楼里其他女人不一样的东西。

我们楼里的女人，看起来都有一些共性的，这共性不是说我们都戴眼镜，或者出门时手上都拎个讲义包，虽然我们大多数时候确实都戴了眼镜都拎了讲义包，但不是这种外在的共性，而是一种更隐秘的共性，这隐秘的共性到底是什么呢？不好说，却好认，像狗眼和猫眼一样有着明显的差异，虽然很多人从来没有留意过狗眼和猫眼，有什么区别呢？不都是又大又圆像琥珀一样的眼睛。这是傲慢的人类粗心大意的结果。其实狗眼和猫眼，有着完全不同的精神表达。狗眼——特别是我们学校里那些老师们养的狗，都有一双要和主人天长地久的无比温顺和忠诚的眼睛；而猫眼呢，却是“明知不是伴，事急且相随”的世故和隔阂。这个特点和我们楼里的女人有些相像，我们虽然生活在八号楼里，但我们是心不在焉地生活在这里，有身在曹营心在汉的无奈，总有一天我们都要离开的，八号楼只是我们的人生驿站——驿站而已，所以我们所有的人，都是带着这种过客般的潦草的心情在八号楼住着，仿佛我们真正的生活还没开始，八号楼的生活只是生活的过门，重要的华丽的乐章尚在后面。我们就这样带着对未来生活的期待忍受着八号楼的生活。虽然多年后，想起在八号楼度过的那些时光我内心竟然柔情似水，但当时我一无所知，我只是和大家一起抱怨嫌弃八号楼。尤其是李孟起的老婆，虽然已经过起了事实上的家庭妇女的生活，又带孩子又做饭的，但这让她对眼前的生活更加深恶痛绝。这种对生活的不满和批判还是知识分子式的，所以看起来就不那么家庭妇女了。

而周荇不一样，她和八号楼有一种水乳交融之意：她穿一件灰底蓝紫色花朵的连衣裙，穿一双马海毛线拖鞋（她总是穿拖鞋的，好像整个八号楼都是她的起居室一样），在红砖黑瓦的八号楼前踮起脚晾晒衣裳的样子，简直有“照花前后镜，花面交相映”的效果。

她才来八号楼几个月呢，看上去却比我们这些住了好几年甚至上十年的人更像八号楼的主人。

她小鸟筑巢似的，每天都从外面衔一点儿东西回来，一个孔雀蓝绿绣花缎子小靠垫，一个金色草编蒲团，一盆开着几朵嫩黄小花的植物——周荇把它放在南面的窗台上，阳光下娇滴滴地开着。我不知道那是什么花，柔弱得让我心软，苏小粤说那是凫葵，也叫水葵或荇，是草本植物，春生秋死的。苏小粤的植物知识真是很丰富的，不过，她也只限于在书本上多识花草虫鱼，真正的花草她是不养的。有那个时间，不如多看几页书。苏小粤说。

我也不养花草的，倒不是为了多看几页书，而是嫌麻烦，我是个懒得连自己都不想养的人，还愿意养其他生物？

我们有一天还看见周荇从集市上买了一大摞白色的碗碟回来，我们就不明白了，她一个人，需要一摞碗碟干什么？那应该是婚姻生活的繁衍物吧，难不成是未雨绸缪？那未免也绸缪得太早了些，我们在一边揶揄着。

八号楼除了那些已婚的年轻夫妇会在走廊里支上煤气灶自己做饭，单身老师一般都是去食堂的。八号楼后隔个篮球场就有教工食堂，虽然食堂的饭菜难以下咽——米饭里不但能吃出沙砾，时不时“会给人一种不期而待的伤痛”，偶尔还会吃出黑乎乎的老鼠屎——我们怀疑那是老鼠屎，为此我们向学校总务处反映过，但食堂的人说，那是稗子而已，是我们这些书呆子五谷不分。其实要证伪是很容易的，只要让何茂盛把那黑乎乎的东西拿到实验室做一下成分分析，就真相大白了。但何茂盛不肯，有什么用呢？他说。这倒也是，谁叫承包食堂的人是某校领导的堂姐夫呢！没办法，我们只好当五谷不分的书呆子，继续在教工食堂忍受“不期而待的伤痛”和间或的“稗子”。比起柴米油盐样样要自己动手，我们还是情愿在食堂将就着解决我们的胃部问题。我们一边吃着难以下咽的饭菜一边发着牢骚——这“一边……一边……”已经是我们人生的基本范式了：我们一边住在简陋破败水电都没有保障的八号楼，一边抱怨学校不顾年轻老师的死活；我们一边上空荡荡的图书馆查资料，一边抱怨学校不搞藏书建设；我们一边开着例会听着书记念各种文件，一边抱怨学校怎么可以如此浪费年轻讲师和不年轻教授的宝贵光阴。“如花美眷，似水流年，似这般都付与断井颓垣。”有女老师学《游园惊梦》里杜丽娘那样缠绵悱恻地唱道，大家热烈鼓掌，但也就是热烈鼓鼓掌而已，之后我们还是会参加各种会议的。我们也知道自己犬儒，也暗暗鄙视自己，但聊以自慰的是，我们至少还是时不时会作几声訇訇状的犬儒，而不是像周荇那样“温顺地走进那个良宵”的犬儒。

周荇是如此安居乐业，好像八号楼就是她的家了，她准备在这儿生活一辈子了。“乐土乐土，爰得我所。”她看上去，差不多就是要安营扎寨的样子。

她的红色单口煤气灶，锃光瓦亮地放在走廊里的桌子上，桌子靠墙边上是一长溜装了各种调料的瓶瓶罐罐：油盐酱醋、花椒桂皮、八角茴香——还有茴香！那专业程度，别说我们这些单身狗，简直比那些结了婚的夫妇还像模像样呢。

她还在楼前的两棵栗子树之间拴上一根黄尼龙绳，用来晾晒衣物和被单，只要有太阳，她总是有东西要晒，整个八号楼里，再也没有比周荇喜欢洗东西晒东西的女人了。苏小粤那个恼火，就因为周荇这个极家庭妇女式的生活习惯，她再也没法坐在窗前看栗子花了，一推窗，还没看见栗子花，就先看见周荇的被单了。

周荇甚至还开始养猫了，一只有着淡黄色和玳瑁色条纹相间的猫，苏小粤说，那是狸花猫，善于抓老鼠的。

我们楼道里有老鼠，特别是灯光昏暗的水房和厕所那儿，会有很肥胖的老鼠出没，女老师们经常被它们吓得尖声惊叫。你想一想，当你正屏声静气地如厕着呢，突然在脚底下窜出这么个黑乎乎两眼还贼亮贼亮的东西，魂飞魄散不？

周荇的房间离厕所不远，想必是因为这个才养猫的吧。

楼里还有一只猫的，那是哲学系老孟养的猫。老孟是教授，本来不住八号楼的，与老婆分居后借了同事的房间住过来，这一住，竟然好几年，且看样子，还要住下去。也不知是他乐不思蜀，还是那个蜀不让他回去了。反正老孟性情孤僻，和楼里谁也不往来，每天抱着猫躲在房间里读他的黑格尔。所以老孟养猫，不是为了抓老鼠，而是为了某种情感慰藉——一种除了“哲学的慰藉”之外的慰藉。想必人类，即使如老孟这样独来独往的人类，也还是有情感需求的吧？猫似乎也很清楚自己的使命，从来不多管闲事去和楼里的老鼠发生干戈缭乱，除了偶尔一脸孤傲地到楼门口的栗子树下走走或坐坐，其他时间就忠于职守地待在房间里慰藉老孟了。

我们本来指望周荇的猫会把八号楼的老鼠捉个干净——不捉的话，至少也要把它们吓到隔壁的六号楼去。那只猫不是善于抓老鼠的狸花猫吗？苏小粤说过的。没想到，那只狸花猫也是“各人自扫门前雪，休管他人瓦上霜”的学院派，计较得很，除了把周荇的领地看管好，多一点事情也不肯做的。

楼里有两只猫，竟然还让老鼠大行其道，苏小粤和我实在不甘心，有几次甚至让男老师到菜市场买了小鱼放在水房，我们想引诱两只猫，让它们养成到水房觅食的习惯。但两只猫却置若罔闻，依然清心寡欲地待在它们各自的房间里。猫不吃鼠，也不吃鱼，这个世道到底怎么了？

它们甚至也不恋爱，在春天所有的花都开了的季节，我们在夜里从来没有听到过这两只猫到屋顶叫春。

我们不知道周荇是怎样训练她的猫的，那只狸花猫几乎足不出户地很安静地趴在那只圆圆的金色蒲团上，一边眯了眼打盹儿，一边反反复复地听着邓丽君的《甜蜜蜜》和《何日君再来》。

甜蜜蜜，你笑得甜蜜蜜，好像花儿开在春风里，开在春风里。

邓丽君的歌，水一样在楼道里徜徉。

周荇的门总是不关，只在门腰中间用图钉挂了块花布门帘。所以我们从她门口经过时，只要往里瞥一眼，就能看见她的小半截灰底蓝紫色花裙子，有时是粉紫色花裙子，还有裙下那双白白圆圆的小腿，还有那只趴在蒲团上的慵懒无比的猫。

那情景，会让人有些恍惚。仿佛一下子，我们就进入了岁月的深处。

苏小粤房间里的聚会，是在陈亥走后彻底结束的。

我没想到，陈亥有一天也会迁徙到周荇的房间。

那时苏小粤这边已经有寥落之意了，在何茂盛之后，陆陆续续又过去了几个男老师。

周荇的干豆角烧肉，实在太香了。

周荇的苤蓝炒肉丝，真是绝好的下饭菜。

周荇干煸的小泥鳅，比“一箪食”还好吃呢。

他们纷纷这么对我们说。

有解释的意思。毕竟他们这样，在某种意义上，也算喜新厌旧了，是背叛。

也有安慰的意思。好像他们迁徙到周荇的房间不是冲周荇，而只是冲周荇的菜——周荇和周荇的菜，这两者自然是不同的。

男人细腻起来，也是可以很细腻的。

这倒也说得通，周荇房间的地理位置，确实有点儿像码头，她就住二楼，楼梯口的斜对面，大家从食堂买了饭菜回来，上上下下时，都要经过她的房间。

而周荇这时候，一般都站在走廊里炒菜。

真香！他们忍不住赞叹。

尝尝？周荇总是很客气地问。

他们于是就不客气地把调羹伸进了周荇盛菜的碗盏，或者锅里。

她也不嫌弃。

那调羹刚刚还在他们嘴里吧唧呢，上面不会有口水？不会有细菌？

苏小粤觉得不可思议。

苏小粤有洁癖。别说让男人把调羹伸进她的碗里，就是她房间里的杯盏，都不让人碰的。和妙玉一样。

大家到她房间时，喝水杯子要自备，有时谁忘记了，就要回自己房间取，反正也不远，就在这栋楼里。如果实在懒得动身，那就只能用一次性纸杯了。苏小粤的抽屉里，总是备了那种纸杯的。

当然，开始时大家不知道这个。有个男老师大大咧咧地去动苏小粤的另一个杯子，苏小粤的桌子上，是有两个釉里红瓷杯的，上面画了一种我不认识的很奇怪的植物，叶子不像叶子，花朵不像花朵，团团缠缠地绕在一起。是我家老杜画的，苏小粤说。老杜是苏小粤的母亲，那个前美术编辑。两个杯子一个她自己用，另一个应该是客用吧？但就是这个客用的杯子，那个男老师刚伸手去拿，苏小粤就把纸杯拿了出来说，“用这个吧”。

男人不长记性。下一次，又有某个不识趣的人去拿那“另一个杯子”，苏小粤又把纸杯抢先拿了出来，“用这个吧”。

之后就成规矩了。

苏小粤的规矩不止这个，还不能在她的房间里抽烟，如果有哪位实在烟瘾犯了，就只能“出去走走”。

“出去走走”就是到走廊或门口的栗树下抽支烟，抽完了，还要哈哈气，把嘴里的烟味散一散，再回来。

还有一个规矩，晚上十一点之前必须离开。不仅男老师，也包括我。有一回我因为心情不好，想在苏小粤的房间多磨蹭一会儿——这是我的坏习惯，我心情不好或心情好的时候，就不想独处，总想和别人说话，即使不说话，也喜欢和人一起干坐着发呆，就算当时和我在一起的那个人并不是我喜欢的人。

但苏小粤逐客了。郦，我们明天再聊好吗？

苏小粤叫我“郦”，我的姓名是马郦，她叫我郦，这是表示亲密了。八号楼里，也就她这么叫我。

这意味着，对她而言，我已经是最亲密的朋友了。

可即使是她最亲密的“郦”，也不能待在她的房间超过十一点。

那一次之后，我有相当长的一段时间，不怎么愿意去苏小粤的房间，怎么说呢，有点儿没意思。

当然，之后我还是去了，在苏小粤叫过我几次“郦”后。说老实话，除了苏小粤那儿，我也没有什么地方好去的。

不知道陈亥是不是也和其他男老师一样，因为走廊里的“尝尝”这样开始去周荇房间的。

也或者是因为周荇的猫，陈亥似乎喜欢猫。有一天我经过周荇房间时，周荇的花布门帘被撩了起来。我看见陈亥蹲在那个金色蒲团前在逗猫玩呢，何茂盛和他一起，而周荇，托了腮坐在桌边，温柔地看着他们，阳光从窗外照进来，场面美得像一幅静物画。

我不由自主地站住了，而苏小粤竟自上楼了——当时苏小粤也在。

自从陈亥去了周荇的房间，苏小粤就再也不看陈亥一眼了。

也再不和我提陈亥，就好像没有了这个人。

陈亥伤了苏小粤。

也是，别人去周荇那儿也就去了，苏小粤不介意，可陈亥是不能去的，他不知道?

我一直以为陈亥和苏小粤会“终成眷属”的——我是说总有一天他们要“终成眷属”的，没有什么特别的根据，就因为他们两个人，不做眷属实在说不过去。他们一个是八号楼最好看的女人，一个是八号楼最好看的男人，不说家世背景或性情志趣，两人连脖子长得都是一样的，都是又瘦长又挺直，像莲梗——他们站在一起或坐在一起的样子，就是并蒂莲的样子。

苏小粤肯定也这么以为，所以就十分淡定地等着陈亥。

窈窕淑女，君子好逑。

苏小粤在等着陈亥"逑"呢。

偶尔楼里有某位女老师对陈亥主动些，苏小粤就会冷笑着对我说，"癞蛤蟆想吃天鹅肉"。

因为这个，我对陈亥总是自觉保持距离的，我怕苏小粤也说我是癞蛤蟆。

我不知道陈亥有没有向苏小粤"逑"过，或许没有，不然苏小粤也不至于后来连拈酸吃醋的名分都没有。

一开始，楼里传说的，是何茂盛终于把周荇搞到了手。

这么粗俗说话的，当然是男老师。男老师虽然是老师，平日谈艺术时，语言也是十分文雅的，但一旦谈论男男女女的话题时，他们就会返祖般用十分低俗的语言。何茂盛这家伙把周荇搞上了，他们兴奋地说。语气里，颇有垂涎之意。

有人撞见何茂盛半夜从周荇的房间出来。

这也没什么，当年张生和崔莺莺，不也半夜在西厢

“绣帏里效绸缪”吗？那还古代呢，何况现如今，男大女大的，在房间里“绸缪绸缪”，有什么好“人言可畏”的？

我们不大惊小怪。不管怎么说，我们也是一群整天谈文艺的年轻人，不至于像弄堂里的老太太那样古板封建。我们只是有些兴奋和激动，“风乍起，吹皱一池春水”，那段时间，我们就如被春风吹乱的一池水，泛起一圈又一圈涟漪，在这样的春天，楼里终于发生了一件有点儿春天意思的事情。

不说喜上眉梢，但楼里的男男女女，那段时间，真像邓丽君歌里唱的那样，一个个都是“甜蜜蜜，你笑得甜蜜蜜，好像花儿开在春风里，开在春风里”。

之前我们过得太一本正经了，太一本正经的生活，虽然是正确的生活方式，但过起来，还是很乏味的。

人有时候，是需要放纵的，像张爱玲《更衣记》里那个骑自行车的小孩儿，骑着骑着，突然一撒手，让自行车摇摆着掠过人群。一刹那，满街的人，都景仰地看着他。当然，不是所有人都有突然一撒手的胆量，因为怕摔得鼻青脸肿，但看着别人撒手，也是一件欢悦的事。

男老师只是有点儿替周荇可惜，老牛啃嫩草哇，他们说。

我们女的不这么看，尤其苏小粤。你们觉得周荇是嫩草吗？

我们楼里的单身女人，最年轻的是基础课部的顾凤艳，也有二十七了，早就不属于男老师嘴里的嫩草了。但大家都是从嫩草过来的，知道嫩草应该是什么样子，至少都清瘦，有着还很含蓄的身体。

而周荇丰腴，且不是薛宝钗那种少女的珠圆玉润的丰腴，而是一种不匀称的丰腴，像毕加索的雕塑，不合人体的比例，某些部位夸张得丰满肉实，比如下巴，比如肩背，比如胸——周荇的胸，比李孟起老婆的还大，李孟起的老婆还在哺乳阶段呢，可看起来，那部位也没有周荇的大。

周荇个子又不高，坐着时还好，一旦走起路来，几乎就摇摇欲坠了。

整个人，圆滚滚的，是“绿叶成阴子满枝”的样子。

那样的身体，怎么能说是嫩草呢？

肯定早就，早就——

早就怎么了？苏小粤不说了，即使只是和我，她的“郦”，苏小粤也是有所言有所不言的——也不需要言，我虽然迟钝，但这种话，也还是能听懂的。

后来想想，苏小粤打一开始就对周荇怀有一种微妙的恶意。这真是奇怪的事情。本来周荇这样长相普通的女人，按说是不会招致其他女人的恶意的，可以说，她没有“姿本”招致其他女人的恶意，尤其还是苏小粤这样的女人。女人和女人之间的恶意，只有在风头差不多的情况下才会发生。而相距甚远的两个女人，一般都能相处甚好。就像我和苏小粤，每回我们因为什么不愉快了，苏小粤都会大人大量地主动找我。“郦”“郦”她若无其事地叫。我不认为这是苏小粤境界高，或者风度好，只不过是她在我面前有优越感罢了。一个人一旦在另一个人面前有了优越感，就会变宽厚的。有时候，宽厚其实也是一种该死的傲慢，而计较，倒是一种真正的尊重。

但苏小粤对周荇，却没有这种宽厚和友善。她每次说到周荇，都有一种不能压抑的刻薄，这真是不可理喻，就好像她是一只乌鸦，能未卜先知一样。

我们都以为过不了多久就要吃何茂盛和周荇的喜糖的，也就是从楼上搬到楼下，或从楼下搬到楼上，再在门上贴个大红双喜字，简单得很。繁复些的，就再贴副对联，“但愿人长久，千里共婵娟”，或者“执子之手，与子偕老”，反正楼里书法好的老师有好几个呢，小篆、隶书、草书，甚至甲骨文，都能写。当初李孟起和他老婆，也是这样先偷偷“绸缪”呢，没“绸缪”多久，就给大家发喜糖了。

可不久楼里又有人撞见别的男老师半夜从周荇的房间出来。

什么意思？周荇这么快就和何茂盛分手了？和别人好上了？

这也太水性杨花了吧！

但诡异的是，何茂盛并没有失恋的样子，他还是春风满面地在周荇房间进进出出。

周荇的房间，越来越热闹了，有时简直是门庭若市的盛况。

我们经常听见李孟起老婆站在三楼楼梯口尖声尖气地叫，“李孟起，李孟起”。

有一回，是个周末，苏小粤回她父母家了——自从陈亥迁徙之后，苏小粤就经常回家了。我一个人，从食堂打了饭菜回来，经过周荇门口时，里面乱哄哄的，有人叫，马郦，马郦，进来，进来。

原来是顾凤艳。

顾凤艳和苏小粤关系不怎么样，但和我的关系还行。只要我没有和苏小粤走在一起，顾凤艳见了总是很热情地招呼的。

周荇的桌上，放了一个两耳大铝锅，上面冒着腾腾热气，几个人正团团围坐在一起吃东西。

周荇起身帮我也盛了一碗。

是荠菜豆干水饺，里面还放了香菇丁什么的。

那个新鲜，不是我们在外面吃的“大娘水饺”所能比的。

自己包的，正好在菜市场碰到有老乡卖新鲜荠菜，一时心血来潮，就想包水饺了。周荇笑眯眯地说。

我无语。这个女人真像苏小粤说的，是个天生的家庭妇女，心血来潮时竟然会包水饺，还包上这么多——像我妈。

我妈就是这样的。清明节包艾叶粑，端阳节包碱水或腊肉粽子，从不计算，总是多多益善，蒸上一大木甑，家里的儿女，邻居家的老小，甚至从家门口偶过的路人甲乙，她都热情招呼，“尝尝，尝尝”，也不管人家想不想吃，她真心实意地劝，直到人家吃撑了，吃得打嗝了，她才欢喜。

父亲那时候就一脸酡颜，端然坐在桌子上方，看着大家，看人间美景似的。

上一代女人才会这样吧。她们身上有哺育万物的母性。而我们没有，我们能自哺就不错了。

我也开始去周荇那儿了。

在苏小粤回来的日子，不知为什么，我会有意无意地避着苏小粤。当苏小粤待在八号楼的时候，我还是不好意思。

我其实用不着这样忠于苏小粤的，虽然苏小粤叫我“郦”，我们八号楼的其他人，也把我看成“苏小粤的人”，我们经常同进同出比翼双飞——但那是在苏小粤有比翼需要的时候，想散步了，想去青苑书店看看了，想一起坐在栗子树下听听鸟叫了。有段时间外面的栗子树枝上有小鸟筑了个巢，一到午后就啁啁啾啾地叫个不停，苏小粤来找我，“郦”“郦”，她在我门口艳若桃李地叫。我一般都招之即去，我这个人，心野，只要有呼唤，就禁不住要响应的。再说，坐在树下一起听鸟叫，这辈子会有几个人邀你做这种事情呢？我珍惜这种机会。

但让我颇不快的是，如果我找她一起去哪儿，苏小粤就可能“有点儿事”，也可能会“有点儿累”。

要说，苏小粤“有点儿事”也不是不可以。如果我是个心胸宽广或粗枝大叶的男人，这句话就没有任何问题。但之前我说过，在我如山如河的外表下，内心也是杨柳般纤细的女性。于是这句话对我就造成了伤害，一种纯粹属于女性意味的细腻的伤害。“我还要备课呢”“一会儿有学生来找我”，我认为，以我们的关系而言，苏小粤至少应该这么具体地说。

而含糊其词的“有点儿事”，实在太简慢和疏远了。

于是，下一次，她来找我的时候，我就睚眦必报地也“有点儿事”了。

可就算这样，我也不想选择这种时候表达对苏小粤的不满，那有“墙倒众人推”之嫌，苏小粤房间已经很冷清了，我再走，就更“门前冷落鞍马稀”了。

周二之夜的聚会结束了。“这段时间我妈妈身体不好。”——即使在我面前，苏小粤也是这么说的，好像我不知道发生了什么似的。

苏小粤后来有一半时间不住宿舍了。有课时她才过来，没课她就回家住了，她家就住省府大院，坐上公交，不到一个小时就到了。

再后来，苏小粤就找了男朋友，男朋友也是大院的，两家是世交，和苏小粤算青梅竹马，在美术出版社工作，据说前程远大，有可能要当副社长的。形象也不错，文艺范儿十足——大夏天的，脖子上还系了条赭色棉麻围巾。

他不热？何茂盛问。

这样不会捂出一脖子痱子？顾凤艳问。

但我们不得不满怀酸楚地承认，大夏天系赭色围巾的苏小粤的男朋友，挽着苏小粤走进八号楼的样子，真是风度翩翩。

毕竟是苏小粤，什么时候都可以立于不败之地的。

之后我去周荇那儿就不必避着苏小粤了。

周荇的好，我是次第见识的。一开始只是基于食物的诱惑，在苏小粤房间我们是清谈，一般只有白开水，间或也有茶叶佐谈，花草茶，苏小粤是把喝茶当艺术活动来进行的，“你们不觉得看花草在玻璃壶里慢慢盛开的过程，就如听了一曲《还魂记》？”可那一壶一壶的花草茶真是中看不中用，在谈了两三个小时的艺术之后，大家就饥肠辘辘了。但苏小粤房间没有吃的，最多有一两个或红或青的苹果，或几颗或红或青的圣女果，放在桌上青花釉里红的水果碗里，那也是当画放的，“可远观而不可亵玩”——苏小粤房间里的东西，一般都是“可远观而不可亵玩”的。再说，就算可以吃，人这么多，也不够分的。况且，大家也没有养成随便吃苏小粤东西的习惯，只好不停地喝水，不停地喝水，一个晚上喝下来，肚子里的水，在后半夜就要“水漫金山”了。于是在周二晚上，大家上厕所的次数，明显会比平时多几次。

但周荇那儿不一样。男人在苏小粤这儿的教养，一到周荇的房间就全没有了。自己动手，丰衣足食，他们一个个都喧宾夺主起来，渴了自己倒水，饿了就去翻周荇的饼干盒或书架。书架是我们八号楼的标配，每个房间都有一个，或者几个。像老孟教授的房间，就有好几个书架，也不知他从哪儿搞来的，上面堆满了书，甚至地板上床上也是书。反正教授别的没有，书有的是，我们真担心有一天他的书会把楼压塌了。但周荇的书架，却不能叫书架了，只能叫食橱，因为只有最上层有几本书，而其他几层，放的全是杯盘碗盏。碗里常常会有些剩菜，几块红烧肉，半碗腌萝卜，男老师撩开布帘一看，哇哇哇地大叫几声，就不客气地把它端了出来，大家直接用手就解决了。

不吃还好，一吃更饿了。“弄点儿吃的，弄点儿吃的。”有人叫嚷着，周荇就很听话地去弄吃的了，下一大锅面条，煮一大锅粥。

我最爱喝周荇做的红豆粥，里面有花生仁和芝麻。冬天，小半夜了，肚子里又空虚又凄凉，喝上一碗这样香喷喷热乎乎的粥，内心就生出一种温暖如春的缠绵。

大家想必和我一样，吃饱喝足之后，也不舍得散，继续或躺或坐东倒西歪地待在周荇的房间。

高雅的文艺话题早就不谈了，原来在苏小粤处那种“一觞一咏”意味的聚会，现在变成了“一饮一啄”。但我们开心得很。

桌上杯盘狼藉，也不管，统统留到周荇第二天早上清洗。

反正周荇在档案馆上班，那种鸟不拉屎的地方，早点儿去晚点儿去，有什么关系？

不像我们这些做老师的，上课迟到一分钟也不行。讲台下不但有学生，还可能有督导呢，我们这些年轻老师，正是督导们喜欢督导的对象。

包括何茂盛，后来都这么轻慢地对待周荇。

他在周荇房间里的样子，让我顿生“橘生淮南则为橘，生于淮北则为枳”的感慨，他不再寡言且“自矜持”地坐在书架后的角落里，而是和王羲之在东厢一样，逍遥自得地“在东床上袒腹卧”——这个床，可不是王羲之的坐榻，而是货真价实的床，周荇晚上要在上面睡觉的。虽然周荇在床单上面铺了一块墨绿色旧浴巾，算是屏风般的隔开，但在我看来，那是形同虚设。

不单是何茂盛，还有另一个男的，后勤处的电工小余，也喜欢那个位置。

两个男人，经常在那个位置此起彼伏的。

这其中是不是有某种寓意？我想问顾凤艳的，但没问——这种话一出口，就近乎在败坏周荇的名声了。

也或许是我想多了，他们只是随便罢了，谁叫周荇脾气好，所以大家行事就没有章法了。

我不也一样，一开始还温文尔雅，可没“尔雅”上多久，就也放肆起来。不知为什么，我们在周荇面前，不知不觉就成李逵了——“一片天真烂漫到底”。

周荇，你那儿还有腌柚子皮吗？想吃了。

周荇，陪我去一趟火车站怎么样？我表姨来了。

周荇总是有求必应的，但偶尔她也有迟疑的时候，想必不怎么方便，可我不管她方便不方便，总是霸王硬上弓地拉了她就走。

也是奇怪。我和苏小粤做朋友这么多年，进退都一直很有分寸的，从没有这么逾矩过。

但周荇身上，就是有一种“人为刀俎我为鱼肉”的软弱。

我们其实都喜欢软弱的人。我不知道这是不是陈亥喜欢周荇的原因。

陈亥后来也开始追求周荇了。

一开始大家还不信，以为陈亥频繁地往周荇房间跑，无非是贪恋那儿的烟火气。他怎么会看上周荇呢，他那么心高气傲，又志存高远，怎么会看上家庭妇女一样的周荇呢？但顾凤艳看过陈亥写给周荇的情书，“遇见你之前，我没想过结婚，遇见你之后，我想结婚了”。

我们普遍觉得匪夷所思。何茂盛追求周荇我们理解，他是惯性使然，而且年纪老大不小了，所以“饥不择食”；电工小余追求周荇我们也理解，他一个后勤人员，长得且黑且矮，和周荇那是“才貌相当”；甚至如果李孟起追求周荇我们也理解，毕竟结了婚的男人，只要不是自己老婆，别的女人个个都如花似玉——而且，就算不如花似玉，也不要紧，毕竟婚姻久了，总易生出厌烦，所以偶尔换个花样，调剂一下，就如课间溜出去抽支烟，所以就不讲究了。

但陈亥，怎么会？

世上万物，难道不应该有其秩序？连幼儿园的小朋友都知道呢，“排排坐，吃果果”。

女老师们更加愤愤不平。周荇凭什么可以吃陈亥这个奇大无比的“果果”？

苏小粤那段时间又开始频繁地找我了。也没有事，只是到校园后面“瞎转转”。校园后面有小丘，有池塘，有樟树、柳树、苍蝇树，是个瞎转转的好地方。

只是还没瞎转上半圈，苏小粤就开始说周荇了。

她找我就是为了说周荇呢，不说不行，她如鲠在喉，如芒在背，我知道的。

而且，她也只能说周荇，不能说陈亥——说陈亥，就太伤自尊了，不是苏小粤的风格。

郦，你觉得，周荇那个女人如何？

能如何呢？在苏小粤这儿，只能“不如何”了。

这倒不是我“墙上一棵草，风吹两边倒”，而是出于一种道义的考虑，我在奉行一种不道德的道德。既然陈亥在“逑”周荇，那么周荇就处于上风了，而一直等陈亥来“逑”的苏小粤就落到了下风，我对处在下风的人，总怀有一种惺惺相惜的情意。于是我想抚慰苏小粤，而彼时彼刻，抚慰苏小粤最好的方式，也就是和苏小粤一唱一和，嘲讽嘲讽周荇。

郦，你说周荇这个女人，有意思吧？好歹也在大学工作，也算是个文化人，却从来没看过她读书，总站在走廊里做饭，那样子，简直像食堂的大妈一样。那么喜欢做饭，为什么到档案馆工作呢，她应该去食堂工作嘛。

自己开个饭馆也行啊，那也算“天生我材必有用”。

还系围裙，人家李孟起的老婆都不系围裙呢，她还系围裙。

也是，太夸张了。

还养猫，真是闲。

也是，养的猫还不捉老鼠。

还在栗子树上拴绳子晒被褥。

——这是苏小粤最恼火的事情。苏小粤说，在周荇住进八号楼之前，八号楼虽然也很烂，但至少还有几棵栗子树的诗意；周荇一来，八号楼就彻底沦落了，变成了小市民的窝。

也是，还在树上拴尼龙绳。

我鹦鹉学舌般地附和，多少让苏小粤心情好了些。

我们于是能够相对心平气和地谈论另一个问题，那个问题后来成了我们八号楼所有女人都好奇的问题，以至于我们多年之后碰到一起时，还会谈论它。

那就是，为什么八号楼的男人，会对乏善可陈的周荇趋之若鹜？

有段时间，陈亥和周荇似乎确定了恋爱关系。顾凤艳说，周荇已经去过陈亥的家了，周荇手上戴的那个金戒指，就是陈亥的父母给的。

那个金戒指我们都见过，老式的韭菜叶形状，没有纹面，也没有镶嵌任何珠宝。周荇在靠手掌心那面，缠了一小截朱红丝线，想必戒指略微大了点儿——陈亥的父母，是不是想给陈亥找一个指节更粗大的媳妇？指节粗大，意味着能干活，是“讷于言而敏于行”的女人。我们家乡也有这种说法的，挑媳妇，要嘴小、手大，这样的女人吃得少做得多，还不挑拨离间。挑拨离间的女人最要不得，因为会把家里闹得鸡犬不宁。

相对于周荇的小个子，她的手已经算大了，也肉实富厚。如果是苏小粤，估计那戒指压根儿就没法戴了，她的手指，纤细得有些不像话，是那种“指如削葱”的淑女手指。

这种手指，也就翻翻书，劳动起来，就不怎么好使了。

这是不是陈亥选周荇不选苏小粤的原因？我们打趣地议论着。

不管怎么说，周荇现在已经是陈亥“父母之命”的对象了。

但周荇的房间还是和从前一样热闹，我们虽然在背后没少议论周荇，却仍然爱往周荇的房间跑。人有时候实在是很卑劣的，又卑劣又矛盾。我们一边轻视周荇，又一边喜欢和周荇来往。包括何茂盛和电工小佘，也和从前一样，还在铺了墨绿色旧浴巾的周荇的床上此起彼伏。

陈亥的度量真大呀！

这样的感喟里，听着像是褒扬，其实却是闪烁其词的揶揄。

那些传言——有人看见不止一个男人半夜从周荇房间出来——陈亥难道没听见，或者听见了也不介意？

甚至还有陌生的男人来找周荇。一个衣冠楚楚的四五十岁的瘦削男人，长得有点儿像《失乐园》里的久木，神情清冷，拎一个黑色电脑包，隔上一段日子，就会来一回八号楼。每回都要在周荇的房间里待很长时间。门窗都关着，也不知他们在里面干什么。

顾凤艳说，那是周荇的研究生导师。

顾凤艳的房间和周荇门对门，又话多，又循循善诱，所以会知道许多大家不知道的事。

可一个男导师，在女弟子毕业后，还用得着这样过来躬亲指导？怎么也说不通。

但大家除了感喟一句“陈亥的度量真大呀”，也没有谁多说什么。

流言也是看人的，我们说何茂盛，可以畅所欲言，但说陈亥，就谨慎多了。

陈亥严肃，人们对严肃的人，总是更忌惮些。

但接下来发生的事情，让我们又一次匪夷所思。

周荇没嫁给陈亥，却嫁给电工小余了。

小余有一天爬上了我们学校主楼的楼顶，主楼十一层高呢，他横骑在护栏上，那样子，如一只麻雀栖在树枝上。当时是饭点，坐在对面食堂吃饭的师生闻风都跑了出来，卖饭菜的大师傅也跟着出来了，手里还拎着打饭的饭勺呢。大家一起人头簇簇地往上看，看戏似的。

怎么回事？

怎么回事？

小余在上面扯了嗓子喊：

周荇——周荇——周荇——

你是我的人——你是我的人——你是我的人——

我们面面相觑，周荇是他的人？这是什么话？周荇明明是陈亥的人哪，她手指上还戴着陈亥家的韭菜叶戒指呢，怎么是他小余的人？

难道"有人看见不止一个男人半夜从周荇房间出来"不是虚语，而是实有其事？

我之前还在顾凤艳面前帮周荇说过话呢。我说，即使有男人半夜从周荇房间出来又怎么样呢？说明不了什么的。因为周荇那个人，我们都知道，不会逐客。本来单身女人谁没有逐客的本事？那不是基本功吗？就如少林武当的马步桩，一上来就要先学会的。没学会这个女人还怎么单身住？总会有某个男同事或男同学，在已经不得体的时间里，有意无意地赖在你房间不想走，这时你就要看墙上或桌上的钟，越来越频繁地看；或者打哈欠，越来越频繁地打。如果还不走，那就不能客气了，只能用李白那一招了，“我醉欲眠卿且去，明朝有意抱琴来”，这是下下策了，因为那种话一说，就完全没有女性的婉约了，是图穷匕见的凌厉了。不过学院男人一般不会这么不开眼，好歹也是受过教育的人，你只要多看几次墙上的钟，人家也就懂了。像木心诗所写的那样，“从前的锁也好看，钥匙精美有样子，你锁了，人家就懂了”，我们虽然不是从前的人，但有些规矩自古至今也是一样的。当然奇葩也是有的，我就遇到过，那还是我在复旦读博的时候，在某次乡党聚会时认识了一个男人，他是有妇之夫，来复旦做博士后。我们认识之后他有事没事喜欢来我房间“小坐片刻”，开始时还好，真是名副其实的“片刻”，但后来就“一片一片又一片”——没完没了啦，我频繁地看闹钟也没用，频繁地打哈欠也没用，没办法，最后只能“我困欲眠”了，那奇葩的有妇之夫起身后还彬彬有礼地问一句，“一起眠如何？”

我不知道周荇这种时候会怎样，总不会真“一起眠”吧？

小余说不定就是这样把周荇眠成了他的人。

周荇面软，从不逐客——至少我没有看见过她逐客，人家在她房间待得再晚，她也始终带着佛殿里观音似的笑意，在一边陪坐着。从那笑意里，看不出来她是乐在其中的，但也看不出她不乐。别人说话的时候，她不怎么插嘴，眼睛倒是看着说话的人，也不是顾凤艳那样目光炯炯含义丰富地看——李孟起说，在八号楼，夜里有两样东西是不能看的：一是三楼西边角落里的一面裂成三面的破镜子，半夜看了，不定会看出什么东西来；另一样就是顾凤艳的目光，电光石火般，看了让人毛骨悚然。也不是何茂盛躲躲闪闪地看，何茂盛这个人，永远是你看他时，他不看你；你不看他时，他却在看你。但周荇的看，不一样，有一种春风杨柳的和煦——是不是这和煦，让那些男人对她趋之若鹜？我和苏小粤讨论上面问题时这么说。

苏小粤说，这是姑息养奸。

那件轰动一时的跳楼事件之后，陈亥就去北京了，到清华去做博士后，再之后，就留清华了。

听说走之前，他找过周荇的，说不管发生了什么，他还是希望和周荇好。但周荇还是把戒指退给了陈亥，和小余结婚了。

婚后他们搬出了八号楼，小余在“桂苑”搞到了一套单元房，是一居室，只有三十几平方米，但麻雀虽小，五脏俱全，有厨房，有厕所，有阳台——虽然苏小粤说“那不是阳台，只能算飘窗而已”，但我还是颇艳羡的，我这个人，对厨房什么的不怎么在意，但对阳台那东西却向往得不行。

如果这世上还有什么是不势利的，那就是清风明月了。而有阳台的人，清风明月就是他家的。

阳台是出世的好地方，人在阳台待着，就如在读庄子的《逍遥游》了。

一把藤椅，一壶茶，一卷书，马上就可以进入“世间破事，去他个娘”的境界。

不过，周荇家的阳台，却让人没法出世只能入世。

没有藤椅，只有一个小马扎。周荇坐在那儿择菜削皮，一把茼蒿，一个苤蓝，周荇要弄上半天，她真是仔细，也真是慢，慢得像绣花。

周荇坐那儿的样子，看上去，简直就像坐了一生一世。

也是奇怪，周荇住八号楼，她和八号楼就水乳交融，一住进“桂苑”，又和“桂苑”水乳交融了。

她家的阳台是封了的，用玻璃和镁锰合金，小余自己的活，材料是从学校基建队搞来的，也没花钱。墙上的涂料是他自己刷的，厨房和卫生间的瓷砖是他自己贴的，他家大大小小的家具，沙发、床、衣柜，阳台上的小马扎，全出自小余之手。小余什么活都会干，木工活，泥工活，电工活——电工活当然不用说，他本来就是电工。

阳台外面还做了两个又大又结实的不锈钢架子，长的那个是晾衣架，方的那个是花架，应该是花架吧？上面放了好儿盆植物呢，植物全长一个样，都细细长长的，苗条得很，看上去简直就是袅袅婷婷的“嫩草”，是江南常见的小香葱。周荇说，小余爱吃鸡蛋葱油饼，也爱吃小葱拌豆腐，在阳台栽上几盆葱，想吃了就掐，方便，还新鲜。

果然。我和顾凤艳去他们家蹭饭的两次，一次就吃鸡蛋葱油饼，另一次吃小葱拌豆腐。

也就那两次，后来顾凤艳再邀我一起去周荇家，我坚决不肯去了。第一次小余还算客气，第二次去的时候，小余的脸色就不太好了。

后来——也就几年光景吧，我们这些原来住八号楼的人，差不多都鸟兽散了。

我们都纷纷结婚了。婚姻这东西，说难也难，说易也易，只要不过于挑剔，想解决还是好解决的。

即使何茂盛，也结婚了。他找了个生物系的女老师，生物系女老师比何茂盛大好几岁，离了婚，有一个上小学的女儿。

我们后来再也没见过何茂盛鸦鬓粉腮的样子，他现在不染发了，就那么一树梨花地和生物系女老师走在一起。这也好，看不出谁老谁少了。

这家伙，倒是一步到位，老婆女儿全有了。在教学楼课间休息时遇到李孟起，他打着哈哈说。

我们这群人时不时还会遇到的，不是在教学楼，就是在教务处；不是遇到这个，就是遇到那个。大家虽然不住八号楼了，但还在一个单位揾食呢。

遇到了总要寒暄几句，我们这些旧邻在一起寒暄什么呢？不过“某某某”如何如何了，“某某某”又如何如何了。

这“某某某”里，出现频率最高的，除了周荇，就是何茂盛了。

我们喜欢谈论这两个人，谈论别人时，我们会习惯性地谨小慎微，字斟句酌，就怕一不留神，说出了什么不合适的话，授人以柄。结果聊个天，弄得像开会发言一样严谨正经，没意思了。而谈论他们俩，我们就无所顾忌了，想怎么谈就怎么谈，想谈什么就谈什么，“嘈嘈切切错杂弹，大珠小珠落玉盘”——酣畅得很！而且，谈论他们俩还不会影响食欲，谈论别人就不一定了，比如陈亥，每次谈完他之后，总会让人食量大减，本来吃两碗的，只能吃一碗了，本来吃一碗的，只能吃半碗了——又在什么什么权威杂志发表论文了，又拿了多少多少经费的国家项目了，老是这一类消息，让我们这些在三流学校混日子的旧邻听了，不能不有“停杯投箸不能食”之郁闷。

不是我们心眼坏，听不得别人的好，而是别人的好，把我们的处境反衬悲惨了。

我们还是喜欢“葱绿配桃红”的参差关系，要大家差不多，“你好我也好”，或者“我不好你也不好”。

所以为了养生，我们还是少谈陈亥之流，多谈何茂盛和周荇——谈他们，总是让我们胃口大开。

周荇生女儿了。

周荇的婆婆现在和他们住一起呢，过来帮他们带女儿。

周荇每月的工资，都要交给她婆婆的，她婆婆负责买菜，周荇负责做菜。

关于周荇的事情，一般都是从顾凤艳那儿听来的。

顾凤艳和周荇一直都有来往——说来往或许有些不准确了，因为周荇其实来而不往的，以前在八号楼也这样，都是别人去她的房间，但她从不去别人的房间。这一点，正好和顾凤艳珠联璧合，顾凤艳最喜欢去别人家串门，还有本事不怎么看别人的脸色。不过后来周荇家里也实在没法去了，尤其在周荇的婆婆来了以后。"那老太太，小气得要命，我去周荇家，她就像猫头鹰一样坐在边上，目光炯炯地看着我们。周荇给我盛碗绿豆汤，她就说现在绿豆多少多少钱一斤；周荇给我拿块糯米糕，她就说现在糯米多少多少钱一斤；就是只喝杯白开水，她还说这个月的煤气费比上个月多出了两块钱。"

那个家，不是周荇的家，是小余和小余妈的家。顾凤艳替周荇鸣不平。

但周荇自己不觉得，周荇说，她婆婆只是过日子仔细。

可工资什么的，怎么能交给婆婆管呢？

老人喜欢管钱，就让她管呗。周荇说。

还能说什么呢？就是顾凤艳，也不好多说了。

她们后来就在办公室见面了。好在基础课部和档案馆离得不远，顾凤艳下了课，就去周荇的办公室坐坐，歇歇脚，再喝上几杯水润润嗓子。

顾凤艳的“歇歇脚”，可不是一句虚话，而是真正意义的“歇歇脚”，她喜欢穿高跟鞋上课，“不累吗？”我问过她。“累呀，可累也得穿，不然，我看不见后排的学生。”这是小个子女老师的烦恼，人高马大的我是从来没有的。但穿着高跟鞋把两节课——甚至四节课上下来，脚的酸痛可想而知。

周荇的办公室有拖鞋，她是那种一到办公室就换上拖鞋的女人。因为顾凤艳常去，所以周荇也特地为顾凤艳准备了一双。

赤脚伸进马海毛拖鞋里，你不知道有多舒服！

还有茶水。罗汉果茶。那种茶生津止渴，清热润肺，一杯牛饮下去，通体舒泰！

还有点心，周荇自己做的戚风蛋糕，又香又软。她现在庖厨的手艺更好了，什么都会做，不单川菜湘菜粤菜会做，就连外国菜，什么韩国的杂菜，日本的寿司天妇罗，都会做呢——反正档案馆清闲，她一天到晚坐那儿没事，光研究菜谱了。

只可惜，我们是吃不上了。

小余真是有福气，娶到了周荇。顾凤艳啧啧地说。

但周荇的婆婆不这么说。

周荇的婆婆我是见过的，在“桂苑”花坛那儿，她带了周荇的女儿在那儿玩呢。我结婚后也住在“桂苑”，和周荇家只隔了几栋楼，我婆婆有时也会抱了我儿子下楼去那儿晒太阳的。

花坛那儿经常有好多婆婆，但我一眼就能认出周荇的婆婆——且黑且矮，和小余长得一个样。

婆婆在一起，总是要议论媳妇的，这是天底下婆婆的乐子。女人岁数大了，也不剩什么乐子了。只是“桂苑”的婆婆，议论起媳妇来，也入乡随俗颇有学院风，多是微词，且有转折，不仔细琢磨，就不能曲尽其妙的。

我家周荇，什么都好，就是做事有点儿慢，慢得像蜒蚰。

蜒蚰是什么东西？我不知道，学生物的老公告诉我，其实就是蜗牛一类的东西，爬起来特别慢，从水池这边爬到那边，要好半天光阴的。

这也不算诋毁周荇，因为周荇做事确实慢。只是把一个女人比喻成蜒蚰，想起来还是有点儿恶心。

我家周荇，什么都好，就是有点儿好吃——马上就要吃午饭了，她还要拈块芝麻糕吃；夜里十点多了，我都上床睡觉了，听到厨房还窸窸窣窣地响，起来一看，她在那儿煎麻糍呢。那几个麻糍，我打算第二天早上用来当早饭的。

倒不是舍不得她吃。只是麻糍这样的东西，睡前吃，能消化？

她都这么胖了！好看不好看的，还在其次，只是再这么吃下去，对身体不好的。

还爱喝酒，酒量比我德宝还好，我德宝只能喝两小盅，多喝一盅，就醉了。她能喝三四盅，也没事。

“我德宝”也就是小余，小余叫余德宝。

我德宝也是命苦。养一个这么会吃会喝的老婆，等于别人养了好几个呢，所以才那么瘦，都是累的。

世上的事，原来可以这么亦白亦黑的。在顾凤艳那儿是“小余真是有福气，娶到了周荇”，到周荇婆婆这儿，就成了“我德宝也是命苦”。

“桂苑”的婆婆，一般在“桂苑”待不长。有的一两年，有的几个月，就各自回各自的地方了。

她们过来，不过是帮忙带孙子孙女，只要孙子孙女稍大一点儿，大到可以上幼儿园了，就急着和媳妇“一别两宽，各生欢喜”了。

婆婆和媳妇住一起，总是两不相宜的。

但周荇的婆婆一直住在“桂苑”，周荇的女儿上幼儿园了，她还住这儿；周荇的女儿上小学了，她还住这儿；周荇的女儿上中学了，她还住这儿；周荇都不住这儿了，她还住这儿。

谁也没想到，周荇和小余会离婚。

是小余要离。

小余要离，周荇就同意了。

她怎么能这样呢？他要结，就和他结，他要离，就和他离。招之即来，挥之即去，世上哪有这样的女人？顾凤艳替周荇鸣不平。

连苏小粤也觉得气。就这么个“粪土之墙不可圬也”的女人，当初竟然把陈亥抢了，抢了还不要！

而陈亥之后还念念不忘。他父母还在这个城市生活，所以过春节的时候，他父母如果不去北京，他就会在年前或年后回来一趟。有时和爱人小孩儿一起，有时就一个人。一个人回来的时候，他就会找周荇，一起吃个饭，或喝个茶。

周荇每次都去。

据说这是小余和她离婚的原因之一。

也还有其他原因，比如周荇的导师，那个神情清冷的中年男人，时不时还是会来找周荇，到周荇的办公室。周荇的办公室本来还有另一个女人，但另一个女人经常点个卯就走了，所以周荇的办公室，一般只有周荇在。

一个女人的办公室——尤其是周荇有拖鞋有绣花靠枕有镜子有沙发的办公室，和闺房也差不多了，怎么可以接待男人？

小余不让周荇在办公室见导师了。

不见就不见吧，周荇答应了——周荇是习惯答应的女人。

可答应归答应，等到导师来了，周荇又见了。

没办法，周荇说。

周荇就这样，既不能拒绝小余，也不能拒绝导师。

和陈亥也是如此。明明答应了小余不再见陈亥了，可只要陈亥打电话来，周荇又会偷偷地去见陈亥。

没办法，周荇说。

但每次见过了，小余都会知道——也不知道他是如何知道的。

不怪我德宝的，怪只怪这个女人，不自重。周荇的婆婆说。

说这话的时候，老太太已经不是周荇的婆婆了，所以“我家周荇”就变成了“这个女人”。

小余和周荇离婚后，不久就再婚了，和校医务所的一个女护士。六个月后，生下了一个儿子，儿子小鼻子小眼，乌漆墨黑的，和小余、小余的妈如出一辙。

这也好，至少是“青出于青”了。

不像以前，小余或小余的妈带小余女儿出去，经常会有人忍不住这么说上一句：“哇，这是小余女儿——青出于蓝，青出于蓝哪。”

这是夸小余的女儿长得好看。

小余的女儿确实长得好看，圆圆的眼睛，雪白的皮肤，理个西瓜头，穿件圆领花褂子——好看得有点儿不像小余的女儿了。

所以小余或小余的妈听了“青出于蓝”总有些不高兴。

不知道小余后来离婚，会不会和这“青出于蓝”也有关系。至少小余妈妈在“桂苑”散布的舆论隐约有这个意思的。

但顾凤艳说，这是倒打一耙了！明明是他让校医务所的女护士怀上了，然后奉子离婚。周荇说过的，有段时间，小余总感冒，一感冒就喜欢去校医务所，后来就是女护士家的各种电器总坏，一坏就给小余打电话。当时周荇还对我嘀咕过，日光灯怎么会总坏呢？保险丝怎么会总断呢？原来两个人是在“明修栈道暗度陈仓”呢。

周荇搬出了“桂苑”，她在学校后面租了一间屋。我们学校后面有一条街，叫后街，也叫“堕落街”。那里住的人，多是贩夫走卒，卖重庆鸡公煲的中年男人，贴手机屏保的人老珠黄的妇人，胳膊上文了秃鹫或龙的年轻人。没有哪个学校里的老师会租那儿的房子，何况还是女老师。

周荇为什么租那儿的房子呢？

房租便宜呗，一室一厅的房子，月租八百，还不到“桂苑”的一半呢。

周荇和小余离婚，房子归小余，女儿归小余，存款——小余说，家里没存款，一个子儿也没有——他们家的经济，一直是小余和小余的妈在管的，他们两个有分工，大钱小余管，小钱小余的妈管。

四十多岁的周荇，如今“孑然一身”地住在“又破烂又危险”的后街上。

周荇的门窗，相对于那些胳膊上文了秃鹫的年轻人来说，真是一点儿也不结实，太不结实了。都不需要用什么力气，只要轻轻一拽，估计就摧枯拉朽了。

这个顾凤艳倒没太夸张，那门窗我也见过。在学期末的某天，有学生请我到后街吃盐烤鱼——秋刀鱼哩。老师，后街竟然有夏目漱石写过的秋刀鱼。这个学生是日本文学迷，而且和苏小粤一样，也喜欢身体力行地考证作品里的食物。

我之前没吃过秋刀鱼，不知日本的秋刀鱼滋味如何，但我们学校后街的秋刀鱼真是难吃，不新鲜，胡椒和酱油放太多了，想必是为了掩饰那臭味，但在我吃来，却欲盖弥彰得像老妇脸上搽的粉，只让人更憎厌了。

但学生却吃得津津有味，好吃，老师，好吃！

我能说什么呢？也只能“好吃”了。

年轻就是好，有佛的眼和佛的胃，看什么都好，吃什么都吃得下。

秋刀鱼尖嘴猴腮的样子，有点儿像小余。

周荇就住附近，想到顾凤艳说的“孑然一身”，我突然想去看看周荇。

后街后面的住房没有门牌，样子看起来都差不多，黄不黄白不白的外墙，狭窄曲折得如鸡肠般的楼梯，但我一眼就认出了周荇的家。

阳台水泥栏杆上有好几盆植物，开着嫩黄色细花朵叶子圆圆的植物，记得以前苏小粤说过，那是凫葵。还有开绿白色花的有着很粗茎管的花不花草不草的东西，我不知那是什么，后来周荇告诉我，那是洋葱。

洋葱放久了，发了紫芽，我干脆把它种到盆里，没想到，洋葱的花，也这么好看。周荇说。

明黄色的尼龙晾衣绳上，晒了花被单、花裙子。

其实没有阳光，阳光被前面的房子挡住了，那些花朵就开在这半明半暗的天光里，像宋朝时扇面上的画，有《清明上河图》那样的旧黄色，只是那旧黄色里，却奇怪地氤氲出一种生之鲜艳来。

我站在下面，怔怔地看了好一会儿。明明是那么丑那么破烂的房子，让周荇一住，怎么就有一种“老树着花无丑枝”的情态？

房间里，亦如此。十几平方米的一居室，簇簇地摆放了不少东西：装竹荪的篾篓，装腌芥菜的瓦缸，装酿米酒的双喜坛子——这花花草草坛坛罐罐之间，还有一个搽了宝蓝色蔻丹染了暗红色头发的妇人。

是隔壁的陈姐，在前面开美甲店的，过来看我的豆芽——靠近水池那儿的一个圆口木桶里，竟然养了黄豆芽。

周荇这个女人，真是能繁衍，也不过在这儿住了一年，就如住了一辈子。

周荇的面色，也好得出乎我的意料，我以为会看到一张“桑之落矣，其黄而陨”的脸，怎么说，她现在也是《氓》里的那个女主角了，不应该合乎情理地“其黄而陨”吗？没想到，周荇的脸，既不黄，也不陨，虽然不至于“其叶沃若”得像她阳台上的洋葱，但脸色看上去还是粉白的珍珠色。

“四十多岁了，还孑然一身地住在那种地方，太凄凉了。”大家谈起周荇的时候，语气唏嘘。

“如果当初周荇嫁给了陈亥，而不是小佘，现在就住在清华园了。”

陈亥住在清华园，李孟起去过他家。李孟起说，从陈亥家到朱自清写过的荷塘，慢慢走，也不过十来分钟而已。

“如果周荇嫁给了陈亥，她每天就可以绕了朱自清的荷塘散步了。”而不是这么“凄凉地”“孑然一身地”住在后街。

但从周荇那儿，我一点儿也没有看出凄凉之意。

住在后街的周荇，仍然是“爰得我所”的安乐欢喜——也许因为周荇是圆脸，圆得像荇菜的叶子，我婆婆说过，圆脸的人，看着喜气，是福相。

有一回，应该是某个春天，栗子花开的时候，苏小粤突然打电话给我，说想去八号楼那边转转。那时我们已经很少见面了，人到中年之后，杂事纷呈，有些顾不上旧交了，而且，我们毕竟不是那种不见面就会想念的关系，就算偶尔因为什么事情想起来，也不过一闪念而已，我们并不会为此去做些什么。但苏小粤的电话一来，我还是隐隐有些激动，也不知为什么。八号楼看着更旧了，在那儿进进出出的，都是些生面孔了。除了老孟和他的猫。老孟一直住在八号楼，看那架势，似乎要在八号楼一直住下去了。我和苏小粤坐在栗子树下的长椅子上，老孟的猫也在那儿，依然是从前的孤傲脾气，睥睨我们一眼之后，就自己想自己的心事去了——猫应该也想心事的吧，至少老孟的猫应该会想心事。也不知它认出了我们这两个旧邻没有。或许没有。我们变化这么大，应该是面目全非吧？苏小粤这一回没有说周荇了，实际上，自周荇和小余离婚后，苏小粤就没有和我说过周荇了。我们谈了一会儿老孟的猫，谈了一会儿栗子花。和以前比起来，栗子花开得有些少了，香味也清淡了不少，闻不出以前那种“温柔的粉香”。是我们的鼻子老了，还是栗子树老了？苏小粤问我。都老了吧。我说。后来苏小粤就没再说什么，我们静静地在栗子树下坐了一会儿，就各自回家了。

再后来，八号楼就拆了。

于2016年秋季